zone blanche

Du même auteur

Nouveaux Indiens, Fictions et Cie, Éditions du Seuil, 2009
(Prix du Premier Roman 2009).

L'Homme bambou, Fictions et Cie, Éditions du Seuil, 2013.

Occitanie Livre & Lecture a accompagné l'auteur de cet ouvrage par une bourse d'écriture
(financement Région Occitanie/Pyrénées-Méditerranée, DRAC Occitanie).

www.lerouergue.com

Jocelyn Bonnerave

zone blanche

la brune au rouergue

Pour Al.

*« Sais-tu, ami, comment un frère
aime son frère, sais-tu l'extraordinaire,
le péremptoire face-à-face avec la vérité
que recèle ce simple mot ? »*

James Baldwin, *Harlem Quartet*

Dans quelques minutes, je vais ouvrir la valise, faire le tri entre linge propre et linge sale, remettre la trousse de toilette à sa place dans la salle de bains, sortir la guitare de son étui et la poser sur son stand. Pour l'instant, une tasse de café fume sur la table de la cuisine, je consulte nerveusement mon téléphone en pensant à Christophe et au concert d'hier soir. Très fluide, comme si on avait joué une seule et unique chanson pendant une heure et demie, les doigts déliés, la voix souple, parfaitement obéissante – et la tête ailleurs. Je n'avais pas parlé à mon frère depuis plus d'un an, et encore, peut-être cinq minutes, mais aux dernières nouvelles, il vivait toujours sur cette ZAD où depuis plusieurs jours, ça chauffait avec les gendarmes. J'avais appelé sur son portable : répondeur, deux fois, trois fois. Bon. Ça ne voulait pas dire grand-chose, le réseau était très mauvais dans leur coin. Ce matin à l'hôtel, répondeur encore, alors que la télé parlait de blessés dans les deux camps. Mon petit frère est un grand garçon de bientôt trente-cinq ans, mais quand même. J'avais quitté l'hôtel très préoccupé.

Quand le téléphone vibre à côté de ma tasse et affiche un numéro en 03, je pense « tu vois, tu t'en fais pour rien ». Au bout du fil, ça n'est pas lui. Une certaine Émeline, « l'amie de Christophe », première nouvelle mais bon, enchanté, toute petite voix, est-ce que Christophe m'a contacté récemment ? Il est introuvable depuis plus de vingt-quatre heures.

Qu'est-ce qu'il y a dans cette voix ? Quelles fréquences, quelles angoisses, quels appels ? Une décharge m'envahit. Chercher de l'aide, un relais, une autorité, est-ce qu'ils ont prévenu les...– non, c'est idiot de demander ça à des zadistes. Un coup d'œil à la valise et à l'étui de la guitare, à côté de la porte d'entrée. « Je viens ? » Elle répond « Ce serait pas mal. »

Un papier, un crayon, des indications pour la trouver sur la ZAD. On raccroche. J'empoigne la guitare et la valise, sans même prendre le temps de faire le tri dans mon linge. Les fringues sales seront du voyage. Au total, j'ai peut-être passé un quart d'heure chez moi.

Dehors le ciel est sublime, trois cents jours de soleil par an ici, mais aujourd'hui le ciel n'est pas la question.

Une demi-heure plus tard, je quitte Montpellier au volant du Qashqai, pestant contre les travaux qui transforment le centre-ville en gigantesque entonnoir. Sur l'autoroute, pas grand monde. C'est loin, le Grand Est, mais en limitant les pauses, je peux y être vers 21 heures.

Le Qashqai avale les kilomètres. Le ventre noué, j'apprécie cette sensation de me jeter dans la vitesse, sur une voie claire et unique. Elle m'apaise un peu. C'est ma vie : désirer, tendre vers un but exclusif, la musique, jouer, jouer, jouer – et ça marche. Un quatrième album bien avant quarante ans, une critique unanime : pop exigeante, parfait équilibre entre les canons du genre et la recherche formelle. Des ventes plus que satisfaisantes dans une économie bouleversée. Pendant toute la tournée de promo, des concerts blindés, oh, pas le Stade de France, mais toutes les jauges moyennes de France et de Navarre, et même des incursions prometteuses en Grande-Bretagne. Qu'est-ce que je vais faire des derniers concerts qui nous attendent ? Toulouse, Nantes, Brest ? J'appellerai Malika demain. S'il faut annuler, j'annule, merde, c'est mon frère, et l'aventure musicale est solide, le public fidèle, même les jeunes apprécient, ce qui, en temps normal, me comble. Quelque chose de si fort se joue avec la musique à l'adolescence.

Christophe et moi, on avait essoré les partitions du répertoire classique dès l'enfance, un bonheur fou, tout de suite, mais le passage à l'électrique vers quatorze-quinze ans, la puissance de feu d'une batterie, le gras d'une basse même sur un vieil ampli Peavey, la voix amplifiée par un micro qui d'un coup rivalisait avec les plus bruyants instruments, c'était *dingue.* La sensation de monter à bord du *Faucon Millenium* de *Star Wars* quand il bascule en vitesse-lumière. Les étoiles s'étirent. Toutes les lois de la physique sont foutues par terre. On n'en sort pas indemne.

Après Valence, je m'arrête sur une aire. Alors que je me gare, une Audi blanche reprend vivement la route. Dans l'accélération ses roues larges donnent la brève illusion de tourner vers l'arrière. Sinon, personne ou presque : tant mieux. J'appréhendais un peu de croiser des fans, ça me gêne toujours d'envoyer les gens chier mais là je ne me sens pas du tout disponible ; en fait, le problème ne se présente pas. Sur ma messagerie, rien. J'appelle ? Inutile. S'il y avait du neuf, Émeline me ferait signe.

Je repense à son coup de fil. Pour désigner Christophe, plusieurs fois, elle a dit « Goku ». Le surnom que je lui avais donné quand on avait quoi ? Huit et dix ans ? L'époque *Dragon Ball* à la télé. Christophe était toujours coiffé en pétard, le cheveu noir et raide, comme le petit héros du dessin animé, Son Goku. J'ai dû l'appeler Goku jusqu'à l'adolescence, après quoi c'était redevenu Christophe, ou Tof. Visiblement, sur la ZAD, « Goku » a repris du service.

OK Goku : j'arrive. La peur au ventre, mêlée de culpabilité. Où es-tu ? Dans quel état ? Pourquoi m'être éloigné de toi toutes ces années ? Cette fois la route ne suffit plus à me calmer. On peut essayer la musique. Des tas de nouveautés attendent dans le téléphone, le dernier album de Jeanne Added, des remix de Parcels par des DJ connus, ça fait partie du boulot de se tenir au courant, mais ce sera un album de 1995. *Yes*, de Morphine. Pas la tête aux découvertes. Le juste dosage entre la gravité et la dynamique. La basse de Mark Sandman résonne dans l'habitacle, et c'est saisissant : je suis avec toi, immédiatement. Les douze chansons, on les avait toutes reprises, note pour note. Conquis par l'ironie joyeuse du trio, le son à la fois très crade et très contrôlé, l'air que laissait passer entre la basse et la batterie l'absence singulière de guitare électrique, remplacée par un saxophone baryton. Ils étaient devenus nos grands frères d'élection car tu étais batteur et j'étais bassiste, j'avais déjà un peu essayé la guitare mais pendant toute notre période Morphine, elle était restée dans son étui. On avait ressenti dans le corps ce que disaient nos héros dans les interviews : pour qu'un groupe soit solide, il fallait que la basse et la batterie deviennent un seul instrument. *Bassbatterie*.

Aux abords de Lyon le trafic est fluide, bonne nouvelle. Les souvenirs affluent étrangement. Je vis très peu dans le passé, la nostalgie ne m'intéresse pas, mais c'est fort ce qui me saisit en écoutant Morphine, en nous revoyant imiter cet album avec ferveur. Ni poussière ni tristesse. Juste des sensations intactes, qui se mêlent au paysage industriel de la vallée du Rhône.

Heureusement qu'Émeline m'a donné des tuyaux. À partir du bourg de Saint-Pierre-des-Puits, l'entrelacs des petites routes est encore compliqué par la présence des gendarmes, sensible bien avant le cœur même de la ZAD. Pas de barrage en tant que tel, mais des camions bleu marine garés ici ou là le long de la chaussée, devant un hôtel-restaurant ou sur le parking d'une station-service. Elle m'a indiqué où bifurquer pour éviter des contrôles : points de repère (une borne kilométrique, un calvaire), numéro de la route (la D15) ou distance à parcourir (« là, tu roules 3 km ») – elle connaît bien son terrain. Difficile de savoir à quel moment exact j'arrive sur la ZAD, mais je m'attendais à quoi, un portique, une entrée officielle ? Voici un graffiti isolé sur un panneau signalétique (« ZAD PARTOUT »), puis une banderole le long d'un champ (« EIFFAGE DÉGAGE »), les premières habitations de fortune, des pancartes aux couleurs vives ici et là, sur lesquelles reviennent plusieurs fois le symbole de la radioactivité transformé en tête de mort, et le curieux dessin d'un genre de homard noir tacheté de jaune. Pas grand monde dehors, il est tard, une ou deux personnes me regardent passer, sans animosité mais avec un peu d'insistance. Émeline m'a prévenu que les zadistes ont posé une chicane sur la D15, je dois la passer pour trouver le sentier menant chez elle. J'atteins ces énormes plots de chantier en béton, un sur ma droite, puis l'autre, cinq mètres plus loin, sur la gauche, qui pourraient évoquer un check-point militaire si des smileys n'avaient pas été peints dessus. La guerre pour rire ? Ou bien rire de la guerre ? Cinquante mètres plus loin, sur la droite, le sentier s'ouvre.

Au sol, les véhicules successifs ont tracé deux rails un peu vagues, entre lesquels des herbes drues raclent le dessous du Qashqai. J'aperçois un petit panneau de la voirie qui borde une haie, « Créqui », fond noir, caractères blancs, c'est le nom qu'elle m'a donné. La haie s'ouvre sur un champ rectangulaire cerné de talus. À droite, dans le coin, une cabane, une lampe par la fenêtre. Je roule au pas. Quand je coupe le moteur, une deuxième lampe s'allume derrière un volet. J'ai le cœur qui bat. La maison de mon frère. La porte s'ouvre, Émeline s'avance, je la vois mal dans la lumière du soir.

– Maxime ?

– Oui, c'est toi Émeline ?

– C'est moi. Enchantée.

– Pareil.

Qu'est-ce qu'on peut ajouter ? Pas le moment de se demander si ça va bien. Elle va sans doute poser des questions sur la route, me remercier d'être venu si vite, m'annoncer qu'il n'y a rien de neuf mais que

– Maman ?

– Oui ?

Hein, de quoi ? « *Maman* » ?

– Il est là ?

– Il est là.

Émeline se tourne vers moi.

– Tu es très attendu. Entre.

Je m'assieds avant qu'on m'y invite. Mes jambes flageolent. Celle-là, je ne l'ai pas du tout vue venir.

– Je te présente Lilia.

Pas la peine de demander si c'est la fille de mon frère. Trapue, un sourire hilare, les cheveux raides, très bruns, en pétard. Quel âge ? Aucune idée. Peut-être trois ans. Je suis estomaqué, mais il faut bien faire quelque chose.

L'air d'en rire, je lui propose une poignée de main.

– Bonjour, mademoiselle.

Lilia tend le bras, je me dis c'est gagné, elle me fonce dessus, me colle une baffe en hurlant « Bonjour caca monsieur ! » et se rue dans ce qui doit être sa chambre avec un long rire en grelot.

Je ne sais pas depuis combien d'années je n'ai pas pris de baffe. Et « caca monsieur », ça, c'est une première. Émeline soupire.

– Désolée.

– Non, c'est rien, c'est normal.

– Ça fait beaucoup pour elle. Mais elle est ravie de te rencontrer, je t'assure. On écoute souvent ta musique.

– Cool. Quel âge elle a ?

– Quatre ans.

– Quatre ans…

– J'aurais préféré que tu la rencontres avant mais pour Goku c'était compliqué.

– J'imagine.

Oui, j'imagine, la famille est un charnier sans nom pour nous deux, mais quand même, toi et moi on était à part dans le nœud de vipères des parents, des cousins et compagnie, toi et moi c'était *bassbatterie*, quatre ans sans rien me dire, Goku, qu'est-ce qui s'est passé ?

– Tu as mangé ?

– Juste grignoté sur la route.

– J'ai de la soupe si tu veux.

– Volontiers.

À mi-voix, elle me signifie qu'on parlera de Christophe quand Lilia sera couchée. Plusieurs fois pendant que la soupe réchauffe, un petit œil brillant passe lentement le chambranle de la porte, puis disparaît d'un coup avec ce très beau rire en grelot.

– Tu aimes la musique, Lilia ?

Silence de l'autre côté du mur.

– Lilia, tu as entendu Maxime ? Lilia ?

Pas de réponse.

– Lilia, Maxime t'a posé une question, est-ce que tu aimes la musique ?

– Oui mais elle a plus de piles.

La petite réapparaît avec quelque chose comme une pieuvre en peluche. Entre les tentacules, elle me montre le compartiment d'alimentation, vide.

– Ah oui, je comprends. Mais dis donc, même sans musique, elle est drôlement belle cette pieuvre.

– C'est pas une pieuvre, c'est un poulpe.

– Ah, je croyais qu'on pouvait dire les deux.

– Non, c'est pas une pieuvre.

– Et il a un nom, ton poulpe ?

– Oui bien sûr il s'appelle Jojo.

– Enchanté, Jojo.

Un blanc. Émeline ajoute :

– Voilà, maintenant tu connais toute la famille.

La soupe est délicieuse. Lilia raconte la vie très remplie de Jojo le poulpe. Je ponctue régulièrement : ah d'accord, ah oui je comprends. Elle a les cheveux de son père, mais les yeux en amande, la moue ravissante de la lèvre supérieure viennent d'Émeline. En revanche, le nez en trompette, ça, c'est Christophe. À un certain moment dans la vie de son poulpe, elle m'explique à quel point il a besoin de sommeil : Jojo est encore tout petit. Émeline fait un sourire très doux, sans pour autant manifester de tendresse excessive. Elle encourage sa fille à coucher Jojo et à lui donner l'exemple, il est tard maintenant. Lilia est d'accord. Je lui souhaite bonne nuit. Elles disparaissent dans la chambre à côté.

Me voilà seul avec un bol de soupe, dans cette cabane au milieu de nulle part.

L'espace au sol n'est pas bien grand, mais le plafond est un dôme formé d'une structure en bois très savante, qui donne une vraie sensation de volume. La pièce principale sert à la fois de cuisine et de salon. Derrière une cloison mobile bricolée avec des palettes, on voit dépasser le pied d'un lit double et une petite table sur laquelle trône un ordinateur portable noir. À côté de la porte qui ouvre sur la chambre de Lilia s'en trouve une autre, sans doute la salle d'eau. Le mobilier, la vaisselle, les fenêtres : de la récup' dépareillée, plutôt en bon état. Les murs enduits de terre et le poêle minuscule qui ronfle doucement à côté du sofa où je suis assis dégagent une impression de confort simple. Christophe serait devenu bricoleur ? Ou bien c'est Émeline qui a fait tout ça ?

La dernière fois que je l'ai vu, il avait toujours deux mains gauches, tout comme moi. Le travail manuel, on n'avait jamais voulu en entendre parler. C'était pour les ploucs du reste de la famille. Nos mains servaient à autre chose. On consentait à les utiliser pour ramasser les betteraves dans les plaines perdues de Haute-Saône, avant de rentrer bien vite à Vesoul et de claquer le fric dûment gagné dans des instruments d'occasion ; mais toucher à un marteau, ça, jamais. Rejet typique des sales gosses dans les lignées de prolos, sans doute. Même pour ma basse, au moindre réglage, je passais par un ami luthier. Peut-être que tout a changé pour Christophe, puisqu'il est même devenu père de famille. Alors qu'on s'était souhaité mille amours, et jamais d'enfants. Je m'y suis tenu. Pas lui.

Émeline sort de la chambre en fermant doucement la porte. Elle me regarde en croisant les doigts et me propose par signes d'aller fumer à l'extérieur. Je ne fume plus depuis des années, mais je la suis.

Nuit noire. Ça s'est drôlement rafraîchi.

– Merci d'être venu aussi vite.

– C'est normal. La puce, ça va, le sommeil ?

– Pour l'instant oui, je touche du bois.

– Et toi ?

– Je dors très mal.

– Aucune nouvelle ?

– Que dalle.

– J'hallucine. Ça fait combien de temps maintenant ? Trente-six heures ?

– Difficile à dire. Au téléphone, je t'ai parlé des embrouilles avec les gendarmes vendredi soir, en fait ça a duré toute la nuit. On avait organisé une fête de soutien à Borne blanche sur le week-end.

– Où ça ?

– Borne blanche, le lieu central de la ZAD, c'est de là que je t'ai appelé, tu verras. Officiellement, les gendarmes étaient missionnés pour protéger des véhicules. Des pelleteuses qui viennent d'être livrées pour la prochaine tranche de travaux du projet d'enfouissement.

– Les gendarmes protègent des pelleteuses ?

– Eh oui, chantier d'État, même si la boîte de BTP est privée. C'était aussi une bonne manière de pourrir notre week-end de soutien. Ils ont mis des barrages filtrants sur les axes principaux. Ça a découragé les copains de l'extérieur, il y avait peu de monde à la fête, on l'a maintenue quand même. À 23 heures, Lilia était crevée, moi aussi. Franchement, quand on est parties, l'ambiance était super bon enfant. Ça s'est gâté vers 2 heures, à ce qu'on m'a dit. Je ne sais pas qui a provoqué qui, en tout cas les lacrymos ont commencé à voler. Le bruit m'a réveillée vers 2 h 30, je me suis doutée de ce qui se passait. C'était dur de choisir quoi faire, Lilia dormait, j'allais pas la tirer du lit pour foncer dans la bagarre.

– Et Goku, il est allé au contact ?

– Personne ne sait. Les derniers copains qui l'ont vu disent que vers minuit, il buvait des coups tranquillement, comme tout le monde. Il était censé mixer dans la soirée.

– Ah bon, il est DJ ?

– Tu savais pas ?

– Non. C'est son boulot ?

– Pas du tout, il mixe juste pendant les fêtes sur la ZAD. Enfin vendredi, apparemment, il a pas eu le temps de s'y mettre.

– D'habitude il est du genre à réagir comment quand ça chauffe ?

– Goku ? C'est un gentil. Après, tu vois ce que je veux dire…

– Pas sûr.

– S'il a vu un copain se faire éclater par un robocop ou quoi, il a très bien pu foncer dans le tas.

– Vous avez eu des blessés ?

– Ça oui, on en est sûrs. Et on n'a pas récupéré tout le monde.

– Il y a d'autres disparus ?

– Non, mais encore deux à l'hosto et trois au trou.

– Donc on n'a pas encore tous les témoignages, par rapport à Goku.

– Exact, mais on n'apprendra pas grand-chose. Les blessés, on est allés les voir et les autres, on a eu des contacts téléphoniques, ils savaient rien pour Goku.

– Peut-être qu'ils l'ont quand même aperçu entre minuit et 2 heures.

– Voilà, au mieux on en saura un peu plus sur ce qu'il faisait avant que ça dégénère.

– D'ailleurs…

– Oui ?

– Les gendarmes, ils s'en sont tenus aux grenades lacrymos ?

Elle sait très bien que je pense à d'autres types de grenades, et à Rémi Fraisse, qu'on y pense tous les deux, elle depuis la première nuit, moi depuis ce matin, mille bornes avec un mort, à quel point c'est dur de dire son nom.

– Pas sûr. On a commencé à ramasser les éclats mais c'est pas fini.

Elle jette son mégot et l'éteint avec le pied.

– À part moi, t'as prévenu qui ?

– Déjà, la ZAD au grand complet.

– Ça représente combien de personnes ?

– En ce moment, une cinquantaine. On n'est pas une très grosse ZAD.

– Et sinon ?

– Tous les copains : les assos, les élus qui nous soutiennent, les collectifs de paysans, le réseau Sortir du nucléaire, les autres ZAD, du personnel soignant, des avocats, des journalistes bien sûr…

– Et alors ?

– Au moindre indice, ça peut péter grave.

– Comme pour Rémi Fraisse ?

Ça y est, c'est dit. Un frisson me mord le dos.

– Ouais. Mais pour l'instant, que dalle.

– Il est où, putain ? C'est dingue !

– On a organisé une battue pour demain matin.

– Bien joué. Je peux venir ?

– Évidemment. Le rendez-vous est à 8 heures, à Borne blanche.

Un temps. Une question me brûle les lèvres depuis ce matin.

– Excuse-moi si je dis un truc débile mais t'as prévenu la police ?

– La police, c'est en ville. Ici, on dépend de la gendarmerie de Saint-Pierre.

– Ah…

– C'est pas des GM comme vendredi soir mais bon, on s'apprécie moyen, tu vois.

– Des GM ?

– Des gendarmes mobiles. Des robocops dépêchés par bus depuis d'autres régions, histoire de pas tomber face à leurs cousins ou leurs belles-sœurs quand ils sortent les Flash-Ball. Au poste de Saint-Pierre, c'est plutôt des ronds-de-cuir. J'ai pas réussi à y aller encore, je dois le faire, tout le monde me le dit, il faut ouvrir un dossier. J'attends de voir ce que donne la battue.

– Qu'est-ce qu'on fait comme démarche si quelqu'un manque à l'appel ?

– Apparemment on peut remplir une déclaration de disparition inquiétante.

– C'est rassurant, comme formule.

– Je te le fais pas dire… On rentre ? Elle doit dormir, maintenant.

On chuchote. Émeline propose une infusion, ça me va. Elle fait bouillir de l'eau, la verse dans une théière qu'elle apporte avec deux verres sur un plateau – des gestes ordinaires, pourtant portés par une indiscutable grâce. Rien de mièvre ou de fragile là-dedans : malgré la peine et l'angoisse, elle fait solide, bien campée. Ses cheveux blond vénitien, rassemblés en tresse, m'évoquent une amoureuse de Christophe au lycée, Cindy. La ressemblance s'arrête là. Émeline a la trentaine, une gosse et les traits tirés. C'est une belle fille, oui, qui n'a pas l'air de s'en préoccuper beaucoup, et qui est morte d'inquiétude.

– Il allait comment, Goku, avant tout ça ?

Elle hésite.

– Pas mal. Très investi, un peu crevé, avec Lilia et tout. La ZAD, c'est une lutte pied à pied sur le terrain. Des riverains, des paysans, des écolos, il y a beaucoup d'opposants à ce putain de projet d'enfouissement nucléaire. L'accord obtenu par Eiffage pour attaquer la nouvelle tranche de travaux a foutu un sérieux coup à pas mal de monde, Goku et plein d'autres. Mais on n'a pas dit notre dernier mot.

Elle se frotte les yeux et reprend :

– Bon, soit on va se coucher, soit je vais devoir te proposer un truc plus fort à boire.

– Alors dodo.

– C'est pas un palace mais si tu veux dormir ici on peut s'arranger. Sinon il y a un dortoir à Borne blanche.

– T'inquiète. J'ai un matelas et un duvet dans la bagnole, la banquette arrière se replie, ça ira très bien.

– OK. Tu peux prendre une douche aussi, j'aurais dû te le proposer plus tôt, excuse-moi.

– Juste me débarbouiller.

– On n'a qu'un petit ballon mais il doit rester de l'eau chaude.

– Je reviens.

Le temps de récupérer ma trousse de toilette et je découvre la salle d'eau. Il y a aussi des toilettes sèches, plutôt clean. Au-dessus de l'évier minuscule se dressent trois brosses à dents, une petite et deux grandes. Goku père de famille.

– Tu veux une bouillotte ?

– Non merci, mon duvet est très chaud.

– Bon eh ben… À demain.

– À demain. Et sinon…

– Oui ?

– La cabane, c'est Goku qui l'a faite ?

– Goku et moi, et des copains. Le dôme, je l'ai monté toute seule comme une grande.

– Beau boulot.

– Merci, tu crois pas si bien dire : c'est mon boulot…

– Ébéniste ?

– Charpentière.

Un coup d'œil réflexe au téléphone : pas de réseau. Zone blanche.

Il y a un moment que je n'ai plus dormi dans le Qashqai. On va pas cracher dans la soupe, j'apprécie les hôtels chics, et puis on y dort bien. Pourtant, j'ai toujours un duvet dans ma bagnole, comme au temps des débuts en Haute-Saône. Le lendemain de mon permis, on avait acheté une Volvo break, pour le matériel bien sûr, mais aussi parce qu'en gardant seulement les deux fauteuils avant, on tenait allongés derrière. C'était notre hôtel roulant, déjà quand on était payés pour jouer on était contents, alors de là à réclamer une chambre pour la nuit, même dans un Formule 1, on en était loin. La Volvo, on l'appelait le corbillard, ça me faisait rire à l'époque. Pas ce soir.

Je mets le contact et appuie sur la commande. Une forte plaque de plastique coulisse au plafond, et bientôt, le toit du Qashqai n'est plus qu'une grande vitre donnant sur le ciel. Je continue à laisser un duvet dans ma bagnole pour la sensation de liberté qu'il me donne – au milieu d'une tournée organisée au millimètre on peut planter tout le monde et dormir dans son coin –, et surtout pour cette vitre. Quand je m'allonge dessous, je sais que je ne vais pas plonger dans le sommeil tout de suite. La stimulation est trop forte, par tous les temps, et justement, pour les soirs d'excitation, trop de joie ou trop d'angoisse, c'est parfait. Inutile de vouloir redescendre par l'alcool, un pétard, un fix ou du yoga. Je m'allonge et je regarde. Mille choses se passent. Les glissements rapides et suggestifs des masses sombres, quand le ciel est couvert. Et quand il se dégage, ces milliers de scintillements d'intensités toutes différentes. Il n'y a rien de plus nuancé entre la puissance folle et la presque disparition. Un immense concert pour les yeux. Je ne pense plus du tout à m'endormir et c'est là que le sommeil peut me prendre : par surprise. Je me réveille plus que reposé, comme lavé à grande eau.

Bien sûr, ce soir, il ne s'agit pas seulement de laisser passer les émotions en yo-yo d'une vie de musicien. On va bien voir si ça marche.

Je suis touché qu'il s'y soit remis. Son visage est traversé d'une expression un peu bizarre, un sourire d'une oreille à l'autre, mais pourquoi ces sourcils froncés – concentration, inquiétude ? C'est lui qui donne le départ en frappant ses baguettes l'une contre l'autre. Jusqu'au premier refrain, tout va bien, le tempo est excellent, toujours la même assise à la fois moelleuse et métronomique, je retrouve mon frère, quelle joie… Mais au couplet suivant, je ne reconnais plus les paroles que je chante. *He bears the sunshine, he got radio Flash-Ball…* Les paroles de Lennon sont déjà surprenantes, mais là j'improvise… *He says you and you and you are me,* les mots viennent sans effort, simplement ce ne sont pas les bons, *Tell me to go somewhere and I will cop a plea…* Sur le deuxième refrain, quand même, je m'en tiens à l'original :

Come together
Right now
Over me

Maintenant ça commence à déconner plus gravement. Je n'avais pas remarqué les cinq ou six gongs suspendus à un rack au-dessus des tambours, c'est là-dessus qu'il joue les fameux roulements de Ringo Starr ? Leur son métallique ne convient pas, la réponse des surfaces est bien trop lente, il se décale, on n'entend plus que lui. Où est le Un de la mesure ? Quand est-ce que je dois reprendre le couplet suivant ? La sueur me monte au front, qu'est-ce qu'il fout ? Il va tout planter alors qu'il y a du beau monde ici, le directeur de la scène nationale de Marseille, la programmatrice du Festival d'Automne, Andy Warhol au troisième rang, Émeline et Lilia à côté de lui, Denis en tenue de chasse, et des bobbies qui assurent la sécurité. On n'est pas à Londres ici pourtant, et d'ailleurs où est-on ? Où est le Un, le début, le repère ? Putain de GPS en rade, putain de zone blanche, tant pis, je me lance, couplet suivant, *He calls the lobster, he flies Tokyo-Beijing, he got*, mais ce connard de Christophe n'en finit plus avec ses roulements, il pète les plombs, hurle *Come together !* bien avant l'heure, et curieusement toute la foule reprend avec lui, d'abord les paroles, puis les roulements de Ringo Starr, je la boucle et commence à chercher des yeux la sortie, ça sent le roussi, tout le monde vient taper sur les gongs, il n'y a plus que ça, des roulements sans fin, sans Un, sans mesure, des impacts sauvages, une foule qui noie mon frère et qui percute dans tous les sens, ça me tombe dessus, où est-il ? Quelque chose se déchire sous ces impacts, je remonte par les trous, où est-il ? J'ouvre les trous, les yeux, il pleut, il pleut sur le toit du Qashqai.

Mes paupières se referment immédiatement dans un réflexe. On respire. Avec la vitre au-dessus de moi, j'ai vu arriver les gouttes à grande vitesse et j'ai d'abord cru qu'elles me tombaient sur le visage. Non. Il y a bien une vitre, épaisse, solide. Je peux même rouvrir les yeux et profiter de ce spectacle rare, comme si je rêvais encore : voir par en dessous la pluie qui s'écrase, des fleurs rythmiques dont chaque gouttelette va chercher assez de lumière dans la nuit pour qu'on distingue la formation de milliers de cratères. En couleur, ça pourrait faire une couverture des Beatles. Je tends la main vers mon téléphone, comme je le fais quand la vie présente ce genre de merveille, comme nous sommes des millions à le faire, pour prendre une photo puis la poster sur les réseaux sociaux – mais non, trop sombre sans doute, et puis de toute façon, c'est vrai : zone blanche.

Cymbales sourdes, des mailloches tambourinent près de ma tête, hein ? Qu'est-ce qui se passe ? Le ciel gris clair, de la brume, de la buée, le Grand Est, Goku. Deux petits poings contre la vitre, je ne vois même pas sa tête, elle est trop petite, elle doit tendre les bras. Elle crie « Maxime ! Maxime ! », un problème, une urgence ? J'ouvre la portière. Lilia me sourit de toutes ses dents.

– T'as vu mes bottes ?

Au-dessus de ses orteils, deux paires d'yeux en plastique me regardent. Le genre de modèle qui fait ressembler les pieds des gosses à des têtes de grenouilles.

– Elles sont belles, hein ?

– Magnifiques.

– Et toi t'en as des bottes ? Maman elle voudrait savoir.

Émeline sort en trombe.

– Lilia tu laisses Maxime ! Tu sais l'heure qu'il est ?

6 h 50 au tableau de bord.

– T'inquiète Émeline, le réveil allait sonner.

– OK, mais quand même, je t'avais dit de pas sortir, Lilia !

La petite rentre dans la cabane sans discuter. Je m'habille et les rejoins. Elles sont à table. Lilia se bat avec une énorme tartine. L'odeur du café a envahi la pièce.

– Désolée pour le réveil…

– Non non.

– Sers-toi, fais comme chez toi.

– Merci.

Les yeux bouffis par une nuit sans doute très mauvaise, elle demande si on peut utiliser ma voiture. Bien sûr. Avant Borne blanche, il faudra déposer Lilia chez des copains qui prennent en charge les enfants pendant la battue. Ensuite on répartira les troupes depuis Borne blanche vers plusieurs points de départ à la périphérie de la ZAD, de façon à ratisser l'espace en convergeant les uns vers les autres, pour multiplier les chances. Les chances de quoi, pour qui et dans quel état, voilà ce que nous taisons absolument, ce peut-être-cadavre qui nous hante en silence.

Je sens bien qu'elle observe ma tenue. J'ai pris dans ma valise ce que j'avais de plus adapté pour une battue : un jean costaud, un pull camionneur, de grosses chaussettes en laine d'Irlande. On dirait que quelque chose la tracasse, mais moi aussi j'ai mes questions :

– La battue, c'est juste les zadistes qui s'en occupent ?

– Non non, ça suffirait pas, à chaque point de départ, on va retrouver plein de copains extérieurs.

– Et les gendarmes vont pas faire chier comme pour la fête ?

– Normalement non. Le gros des troupes mobiles est déjà reparti. C'est pas un événement public sur lequel on a communiqué comme pour le week-end de soutien. On s'est limités à quelques SMS pour s'organiser. Plusieurs copains sont sur écoute mais là ça devrait passer.

– Sur écoute ? Vous en êtes sûrs ?

– Certains.

Paranoïa ou flicage réel ? Je ne sais pas trop quoi dire. Elle regarde mes pieds.

– T'as des bottes en caoutchouc ?

– Non, mais ça c'est du cuir imperméabilisé.

– J'ai quand même peur que tu termines trempé.

Un blanc un peu gêné.

– Tu chausses du combien ?

– 44.

Elle a l'air presque soulagée. C'était donc ça ?

– Je te passerais bien celles de Goku, mais c'est du 42.

– Ça va pas le faire.

– À Borne blanche, ils ont toujours des paires en plus.

– OK, on verra sur place.

Des bottes en caoutchouc… Je *déteste* les bottes en caoutchouc. Toute une histoire, je ne vais pas lui raconter maintenant. Il est temps de partir, d'enfiler nos manteaux, Émeline s'active autour de sa fille, le deuxième bras peine à trouver sa manche, Lilia se tortille et geint, Émeline s'énerve trop vite, « Lâche ce poulpe ! ». Je sors discrètement.

Elles me rejoignent bientôt, avec un rehausseur pour la petite. Heureusement, l'usage en est très simple, j'ai les pires souvenirs de copains luttant pliés en deux pour installer les fauteuils de leurs gosses, harnachés comme si on décollait vers l'espace. Il suffit de poser le rehausseur sur la banquette, et la pression de la ceinture autour de Lilia fait le reste. Elle découvre avec ravissement le bouton qui actionne l'ouverture et la fermeture de la vitre, la fermeture et l'ouverture, et la fermeture, encore, encore, sa mère doit hausser la voix pour qu'elle cesse.

– C'est pas mon habitude de lui gueuler dessus mais là…

– Je me doute bien.

Pour le reste, Émeline s'en tient à me donner les directions. Pas de flics pour le moment. On traverse une succession de petits bois et de prés cernés de haies, le tout débordant d'une végétation surabondante. La vie n'a pas l'air trop cadenassée ici, à la différence des larges étendues rases croisées hier sur la route. Ce serait presque réjouissant dans d'autres circonstances, et si toute cette masse verte n'était pas gonflée d'une humidité pisseuse, qui ternit les couleurs et amollit le fouillis des branches et des lianes le long de la route. Je comprends mieux la question d'Émeline : le paysage *ruisselle*.

Les bottes, c'était pour les « cut' », les culs-terreux, et nous, on avait le cul attaché à l'asphalte, celui d'une petite ville, certes, mais d'une ville quand même. On consentait à enfiler des bottes en dernière extrémité, pour les betteraves, un lendemain de pluie. Le fric nous servait à acheter des instruments, oui, et ce qui allait avec : des fringues. Au milieu des années 1990, pour des petits Blancs, la mode était dictée par les skateurs. Et elle disait : pantalons et T-shirts extra-larges, baskets Vans. Pointure 42 pour lui, 44 pour moi. C'était le dandysme du moment, et le contraire exact des bottes. De grosses jambes souples débordant sur des chaussures de toile tout sauf étanches. On prenait beaucoup de plaisir à se moquer des porteurs de bottes, qu'on appelait les autruches : maigreur grotesque de la jambe, bouchon du pantalon plissé autour des fesses comme un coussin de plumes. Un *popotin* s'ouvrant sur deux bâtons raides : la honte même.

Sur la route, on croise un nouveau panneau fait maison, figurant le drôle de crustacé que j'ai aperçu hier soir à plusieurs reprises.

– Pourquoi vous peignez ce homard partout ?

– C'est une écrevisse de rivière, une espèce rare typique de la zone.

Les copains qui vont s'occuper de Lilia, Étienne et Jeanne, occupent un énorme corps de ferme au toit de tuiles plates, bombé comme un ventre rouge. Ils sont éleveurs. Étienne réceptionne la petite, un homme jeune à l'air un peu austère mais doux. Lilia semble très en confiance et nous salue sans inquiétude apparente. Pas le temps de s'appesantir.

Borne blanche est à deux pas. Il y a plein de monde. On se gare sur un terrain vague, à proximité d'un potager. À la vue du Qashqai, plusieurs froncent les sourcils. L'herbe n'est pas tondue, un vrai fouillis détrempé, le temps de rejoindre l'habitation je sens déjà l'humidité pointer à travers le cuir de mes chaussures. Les bâtiments forment une cour carrée, où se tient une quarantaine de personnes. C'est grand, plus encore que chez les éleveurs, en moins bon état. Une section de la toiture est tombée, un échafaudage se dresse, la charpente neuve est déjà en place. Par-derrière tournent les hélices d'une éolienne, pas le grand modèle blanc que tout le monde connaît, mais une structure à claire-voie, dont la taille est déjà imposante. Des animaux circulent librement, chiens, chats, poules. Ça discute de tous les côtés. Une majorité de jeunes gens, entre vingt et trente ans, beaucoup de parkas militaires et de bottes en caoutchouc, autant de filles que de garçons, et cinq ou six trans, plutôt des mecs au départ, barbus ou non, portant des jupes, des collants et des chaussures de randonnée. Émeline s'avance, me présente, on nous accueille avec des mines de circonstance, sans trop en faire, ce que j'apprécie. Est-ce que certains me connaissent ? Sans doute pas. Mon public est ailleurs, et à cet instant, je m'en fous pas mal. Certains commencent à se répartir par petits groupes en fonction des points de départ. Il faut quitter Borne blanche vers 7 h 45, on a encore quelques minutes.

– Tu me disais qu'il y avait des bottes à disposition ici ?

– Oui, vois ça avec Léa.

Léa vit sur place et s'occupe de l'accueil. Une très jeune femme au beau visage rond, qui a donné ses taches de rousseur au petit garçon qu'elle tient dans les bras. Elle me mène à l'étage du bâtiment principal par une échelle de meunier. Là-haut, deux très grandes pièces : le dortoir dont parlait Émeline, et un dressing comportant tout ce qu'il faut pour ceux qui arrivent mal équipés sur cette ZAD, gros pulls, vieux imperméables, et une vraie forêt de bottes.

– Impressionnante, la collection.

– Il faut ce qu'il faut en zone humide.

Je trouve sans problème une pointure 44, mais impossible de me résoudre à glisser les jambes du pantalon dans les tiges des bottes. Je passe le pantalon par-dessus pour sauver l'honneur. Après tout, mon jean est fait pour ça, c'est une coupe *boot cut*. Ma hantise de l'autruche est totalement déplacée, je me trouve ridicule et pourtant c'est plus fort que moi.

Au retour dans la cour, Émeline m'indique en hâte des personnes à conduire vers le point de rendez-vous qui nous a été assigné, le Gros Caillou, un lieu-dit. C'est l'heure. Elle ne viendra pas avec moi, « on a essayé de mettre une personne vraiment proche de lui dans chaque groupe », et me voilà à embarquer de parfaits inconnus qui balancent sans question des râteaux et des bâtons dans mon coffre. Les autres groupes décollent en même temps que nous, certains dans des voitures, d'autres à vélo. À côté de moi monte un des trans, Alex, petite personne frêle à la barbe très noire et très raide, qui m'indique la route à suivre. « Au carrefour tu pourras prendre à droite », « Après le hangar à gauche » : la voix est saisissante, artificielle, à la fois rocailleuse et flûtée. On arrive en trois minutes. Je ne vois pas de gros caillou, mais quelque chose comme une ancienne gare, et un semblant de parking encore délimité. Émeline n'avait pas menti : une bande de copains conséquente attend là, c'est émouvant, au moins soixante ou soixante-dix personnes, des jeunes à première vue moins punks que les zadistes, des paysans en vêtement de travail et beaucoup de retraités bien équipés pour la randonnée, bâtons, bonnes chaussures, blousons Aigle ou Patagonia.

– Il y a autant de monde à tous les points de rendez-vous ?

Alex me répond avec sa drôle de voix :

– Ben non, nous c'est exceptionnel, t'es une star, mon pote. Tu fais venir la foule.

Me faire sourire dans un moment pareil, c'est inattendu ; mais a-t-il, a-t-elle, répondu à ma question ?

On m'a donné un genre de fourche à quatre dents recourbées. Je n'ai pas l'air très dégourdi avec ce machin dont le long manche est lourd et peu maniable. La plupart ont des outils plus petits, leurs bâtons de marche en alu ou de simples bouts de bois. Le groupe se déplie, impressionnant de largeur, et pique d'entrée de jeu dans un bois assez dense.

On avance à deux ou trois mètres les uns des autres, fouillant tout ce qui pourrait faire obstacle à la vue, gros buissons, fossés recouverts de ronces, enchevêtrements de troncs déracinés par le vent. J'essaie d'imiter mes voisins, qui ne semblent pas s'embarrasser d'émotions mais se concentrent sur des gestes purement techniques. Je n'y arrive pas. Cette fourche dont la griffe s'empêtre dans tout ce qu'elle agrippe me rend malhabile ; et puis je tremble un peu, j'ai la trouille de le trouver, mon frère, ou ce qu'il en reste.

Peu à peu, la forêt résonne de voix. Des signes de positions, cris, mots brefs : « rien », « non », « ici », « j'y suis ».

Ils montent souvent par deux ou trois d'un coup, aigus et graves, comme un chœur animal, pauvre mais très vif, dans le craquement incessant des branches mortes. Nos gestes se répètent. Soulever, écarter, sonder. Remettre ce qu'on a modifié dans l'état initial, autant que possible. Ma fourche ne le permet guère. Si je crois voir quelque chose sur le sol, elle retourne d'un seul coup tout un gâteau de feuilles mortes, mettant au jour des armées de cloportes qui fuient la lumière comme de petits vampires. Je limite son usage au minimum. Souvent, il n'y a même pas à toucher ce qui nous entoure, seulement à changer de position, faire le tour d'un talus pour vérifier la zone que sa masse laissait cachée ; puis reprendre sa place dans le groupe, suivant cette ligne invisible qui nous situe à distance régulière les uns des autres, pour ne pas créer de maille trop lâche dans le filet. Au bout d'une demi-heure, ces gestes me sont devenus naturels, presque trop. Étrange rencontre d'émotions : l'inquiétude est intacte, mais l'ennui pointe, et le risque de se distraire. Je me concentre sur le chœur des voix, « ici », « rien », « non », « j'y suis ». Alors la répétition des gestes n'est plus fade, porté par les sons je m'y applique, j'en attends même le retour, comme on désire un refrain.

Le terrain décline vers des broussailles serrées, qui forment une longue chenille velue entre deux prés. Une bonne partie du groupe s'y est déjà enfoncée, nous avertissant que ce fouillis cache un ruisseau. Certains avancent à la machette, d'autres se jettent là-dedans sans outil, mais avec une assurance que je n'ai pas. Je m'approche, fourche en avant, perplexe. Ma voisine de droite s'est mise à genoux.

– Pas la peine de s'emmerder. C'est déjà ouvert.

En me baissant à mon tour, je découvre un véritable petit couloir. La fille reprend :

– Les sangliers sont nos amis.

– Mais comment ils font pour avancer là-dedans ?

– Ils avancent, c'est tout.

– Et les épines, les branches, ils doivent ressortir complètement ensanglantés ?

– T'as jamais vu la peau d'un sanglier ?

Souvenirs de repas de famille. Ces sangliers-là n'avaient plus de peau.

– Non.

– Hyper épaisse. Les épines glissent dessus.

– Et nous ?

– Nous, on va profiter du travail des sangliers.

– Tu veux ramper là-dedans ?

Elle rigole.

– C'est un peu petit... Mais ça va nous aider !

La fille lève la jambe très haut et vient écraser sa forte chaussure de randonnée sur le haut du tunnel, qui s'effondre. Un pas, deux, dix. Je la suis. Elle m'ouvre la voie dans cet écheveau, mais la végétation cherche tout de suite à reprendre sa position normale, et je dois insister à coups de bottes pour la garder au sol. La griffe est plus encombrante qu'autre chose. La broussaille autour de nous est complètement intriquée, pelote de câbles verts et marron chacun moins gros qu'un fil électrique et qui pourtant, ensemble, forment un réseau d'une résistance et d'une flexibilité incroyables. Un pas sur trois, ma griffe attrape un bout de cette pelote et fait dégouliner l'eau de pluie tombée sur les feuilles ces jours derniers, qui ruisselle alors par les manches et par le cou. Nouveaux frissons. Qu'est-ce qu'un blessé serait venu faire ici, et de nuit en plus ? Les autres semblent savoir, ils fouillent avec sérieux ; alors moi aussi, tout en m'astreignant à garder l'équilibre, j'inspecte. Un gant, un mouchoir ? Un morceau de tissu déchiré ?

Quelques mètres devant, la fille jure.

– Ça va ?

– Disons que j'ai trouvé le ruisseau.

– C'est beaucoup plus humide que le reste ?

– Ah oui, on fait bien la différence quand on est dedans.

– *Dedans* ? Jusqu'où ?

– À mi-mollets.

– Ah quand même.

Je regarde les jambes de mon pantalon qui descendent jusqu'aux chevilles. Alors en m'appuyant maladroitement sur la griffe, j'ôte l'une et l'autre botte et les renfile sur-le-champ, le bas du jean cette fois glissé dans chaque tige. J'aurai les mollets au sec, mais l'autruche a gagné.

Même en regardant à deux fois où mettre les pieds, je manque de me faire prendre à mon tour. Le ruisseau est tellement encombré de feuilles mortes que leur dérive au gré du courant est à peine visible. Il y a peut-être un peu de mouvement par en dessous ; en surface, on dirait juste du sol qui s'écoule au ralenti. À traverser, c'est l'affaire de deux pas. Le caoutchouc des bottes tient ses promesses, j'ai les pieds au sec. Il laisse quand même passer le froid de l'eau, qui me saisit les tibias. Il y a peut-être des écrevisses là-dedans, peut-être un mort qui gonfle, poumons pleins sous les feuilles, on devrait le sonder, ce ruisseau, non ?

Non. Le groupe continue. Le terrain remonte. La fille devant moi a pris de l'avance, le tunnel de sangliers se prolonge, qu'elle continue d'écraser avec application. Les regards balaient le sol, gant, mouchoir, morceau de tissu ? Ou pire ? Je me l'avoue maintenant : mes narines aussi sont aux aguets, prêtes à tout. Est-ce le cas de la fille, et des autres ? Christophe sentait le cumin lorsqu'il avait sué. Son odeur à la fin des répétitions me revient d'un coup, et voilà qu'en filigrane, par-dessus les broussailles, se surimpose le local mal aéré de nos quinze ans, Christophe avait des auréoles aux aisselles, sa batterie était là du côté du ruisseau, mon ampli près de cette souche ; le câble qui le reliait à ma basse s'emmêle dans les ronces. Je laisse faire la mémoire, ça n'est pas de la distraction. Mon attention est intacte, gant, mouchoir, etc. – ou pire. Le souvenir aiguise et nourrit les sens, ici et maintenant. Derrière le chœur des voix – « rien », « non », « j'y suis » – l'oreille et la mémoire guettent le moindre gémissement, prêtes à reconnaître l'exact équilibre de graves et d'aigus qui compose un cri de Goku. Où es-tu ? Tant d'heures passées à faire du bruit ensemble, puis tant d'années de silence, et aujourd'hui ?

Pas de cumin dans ce petit bois. Les feuilles mortes dégagent plutôt une forte odeur de champignon. La fille est ressortie de la broussaille, qui donne sur un grand pré beaucoup plus praticable. Quand j'y parviens à mon tour, j'aimerais la remercier pour le tunnel des sangliers. Elle est déjà loin devant.

La marche est plus active, il y a peu de zones d'ombre dans ce paysage ouvert. Notre groupe fait un triangle. Sur sa grande base, qui ratisse large, j'ai retrouvé ma place à côté de la fille. Au bout de cinq minutes, bizarrement, on longe un petit bois plutôt que de le fouiller. Je demande à la fille si c'est volontaire. Elle répond « Tu vois les deux bonshommes à la tête du triangle ? »

– Oui.

– Le grand c'est Denis. Il a déjà épluché ce coin-là en chassant. Si ses chiens sont revenus bredouilles, on peut avancer tranquilles...

– Et comment tu sais qu'il est venu chasser ici ?

– Ben, parce qu'il nous l'a dit.

– Tu vis sur la ZAD, c'est ça ?

– Ouais, pour l'instant.

– Et vous êtes en bons termes avec les chasseurs ?

– Ça dépend lesquels. Avec certains, on est vraiment amis.

– Denis, c'est un ami de Goku ?

– Peut-être pas intime, mais oui.

– J'hallucine.

– C'est pas tous des bourrins, tu sais, les chasseurs.

– Quand on allait bosser aux champs à quinze ans, on en croisait des chasseurs, pas tous bourrins c'est clair, simplement on n'était pas du même monde, on n'avait rien à se dire. Et Goku, à l'époque, il était pire que moi avec eux : méprisant.

– Ah c'est toi, le frère de Goku ?

– Oui.

Un blanc gêné. Difficile de trouver quoi dire au frère d'un disparu. J'en rajoute :

– Le frère aîné.

– Ça change des choses ?

– Plein de choses.

– Comme quoi ?

Je prends un léger accent sicilien.

– Ça change qu'on me doit le respect.

La fille rigole.

– Bien, monsieur l'aîné.

– Sinon, tu peux dire Maxime.

– OK. Moi, c'est Sophie.

– Enchanté.

– Pareil.

– Merci pour le tunnel des sangliers.

– De rien.

Nouveau silence. Le chœur des voix s'est fait plus rare depuis qu'on arpente ce pré. Elle finit par briser la glace.

– Alors, c'est pas trop dur ?

– C'est super dur. Mais bon, y'a pire que moi.

– Les filles ?

– Tu les connais bien ?

– Oui, on est vraiment proches avec Émeline. J'ai souvent gardé Lilia, je l'aime beaucoup… On dirait que c'est réciproque.

– T'as de la chance. Moi hier elle m'a appelé « caca monsieur ».

– Ah oui, c'est bien son genre. Laisse-lui le temps…

– T'as raison, on vient à peine de faire connaissance.

– Tu l'avais jamais rencontrée ?

– Jamais. On s'est éloignés avec Goku ces dernières années.

– Fâchés ?

– Non, pas vraiment.

On passe par d'autres bois touffus, d'autres prés, des sentiers, un champ en friche, une route. Plusieurs fois, notre itinéraire croise des troupeaux de petites vaches rousses, le poil un peu long. Le groupe reste méticuleux et régulier. Mon inquiétude grandit encore, horrifiée à l'avance si on le trouve, dévastée de rester suspendue si le paysage garde son mystère. Chaque fois que le terrain se fait moins dense, la conversation reprend avec Sophie, comme autant de respirations. Elle a l'air un peu brute comme ça, avec son treillis et ses phrases courtes : elle se révèle très diplomate, par petites touches. Entre deux broussailles, on parle de la ZAD, de mon métier, du temps qu'il fait, de Goku bien sûr, Goku toujours présent même quand on n'en parle pas. Goku branche. Goku souche. Goku averse, tournée Goku, album Goku, promo Goku. Goku ZAD, ZAD, ZAD. Je nage dans des eaux étranges, concentré sur l'instant et envahi de souvenirs, dévoré par l'attente de ce qui vient. Vesoul, des fourrés, des obsèques ? Quel cercueil, quel sentier, quelle année ?

Sophie m'apprend que la modestie relative du projet d'enfouissement complique la lutte. Ça n'est pas Bure, c'est plus petit, destiné à des déchets radioactifs prétendument moins dangereux. L'opinion publique se concentre sur le chantier géant de la Meuse, l'équivalent du métro parisien à cinq cents mètres de profondeur, plutôt que sur ce coin perdu de Meurthe-et-Moselle. Pourtant, du point de vue des décideurs, la situation est la même qu'à Bure : profiter du désert rural dans le Grand Est, et la stratégie d'intimidation des opposants, identique : contrôles, écoutes, procès biaisés. J'écoute, elle a des formules puissantes et drôles, « Y'a deux types d'avocats, celui qui connaît bien la loi et celui qui connaît bien le juge », « Les déchets d'uranium, c'est comme si la filière nucléaire avait bâti un appartement sans penser aux toilettes », etc. J'écoute, elle est captivante ; de façon incontrôlable, mon esprit est simultanément assailli par des détails de mon passé, le nom d'une rue autour du lycée, la marque du mange-disque offert par tante Marie-France, un programme d'examen au conservatoire, en fin de quatrième. Allez, donnez-moi plutôt des indices, des vrais, des traces guettées comme des proies, que je l'enterre ou que je l'empoigne, depuis combien de temps on ne s'est pas pris dans les bras, Christophe ? Est-ce qu'on est fâchés ? Il faut que tu te montres si on veut donner une réponse, et reprendre la chanson là où elle s'était arrêtée. Couplet suivant.

Il n'y a rien, pas ici. Voilà le point de rendez-vous. Dans un pré, trois tentes militaires ont été plantées en H, d'où montent des odeurs de cuisine. Par une bâche relevée, on distingue des bancs, des tables, certains groupes sont déjà arrivés, des nouvelles ? J'accélère malgré moi, la tête qui tourne un peu, la faim soudaine, le désir de savoir et la crainte, je cours presque, Émeline ? Elle est là. Elle me voit, dégaine la première.

– Alors ?

– Rien.

– Nous non plus.

Du vent s'engouffre dans les tentes.

Elle crie à la cantonade :

– Fermez la bâche, putain, ça caille !

Puis vers moi :

– On attend encore deux groupes, ils avaient des parcours plus longs.

On se regarde. Soudain, elle me prend dans ses bras, brusque, pas maladroite ou gênée, non, c'est son style, son émotion aussi. Je ne sais pas trop quoi faire, je referme peu à peu mes propres bras autour d'elle. On reste comme ça quelques secondes. Une terrible envie de chialer me prend. Elle se dégage et dit :

– T'as faim ? C'est bientôt prêt. Ils ont préparé de la soupe à l'oignon. Ça va nous faire du bien.

Les deux groupes restants n'apportent aucune nouvelle. Le dernier nous rejoint bien plus tard, les gendarmes les ont retardés, rien de grave, rien tout court. Ni gant, ni mouchoir, ni batterie dans les broussailles, ni cadavre. Rien. À chaque arrivée, les visages se tendent, les sourcils se lèvent, le cœur bat d'un coup la chamade et donne le rouge au front, et puis les mots déçoivent, l'espoir et la peur retombent ensemble. Nous voilà tous à déjeuner autour d'un absent, d'un échec. Trois ou quatre cents personnes, peut-être plus, qui s'efforcent de faire bonne figure, d'y croire encore. Pas l'heure des gueules d'enterrement, allons. L'heure de quoi ? Personne ne sait au juste. On ne va pas pleurer, on ne va pas rire non plus, on ne peut pas se révolter contre l'État policier, il n'y a aucune preuve, même les copains restés sur zone qui ont continué à ramasser les éclats de grenades n'ont rien trouvé d'autre que des lacrymos. Tout est suspendu, alors chacun se bricole un visage maladroit, de biais. Émeline est blafarde. Autour de moi, il n'y a qu'Alex qui semble un peu à l'aise, peut-être parce que bricoler avec son corps, c'est son quotidien.

– T'as des concerts prochainement ?

– Normalement, je joue à Toulouse samedi prochain.

– Au Bikini ?

– Tu connais ?

– J'ai vécu là-bas deux ans. C'est pas à côté, dis donc.

– Pas sûr que j'y aille. On va bien voir…

– Tu veux annuler ?

– Si nécessaire, oui. Il faut que je discute avec mon administratrice.

Voilà un mot de mon quotidien qui me semble un peu flou, soudain. Désolé, Malika, ça n'a rien à voir avec toi.

On nous apporte des cageots de pommes. Petites, croquantes, à la fois acides et sucrées. J'ai besoin de parler de lui, putain.

– Tu le connais bien, Goku ?

Alex répond sans hésiter.

– Bien, non. Mais on est sur la ZAD depuis le départ, on a participé à plein de trucs ensemble, forcément ça rapproche, même si on n'a pas souvent discuté en profondeur.

– Qu'est-ce que vous avez fait ensemble ?

– Déjà la lutte ici, les actions, les blocages. On fait aussi partie du collectif qui a monté un gros dossier sur *Astacus torrentium*…

– De quoi ?

– Pardon, c'est l'écrevisse que tu as vue partout.

– Ah oui, Émeline m'a expliqué.

– On croise les stratégies pour attaquer le projet d'enfouissement et là, rien qu'avec les travaux préparatoires, le biotope de l'écrevisse risque d'être niqué pour des années, alors qu'elle est devenue très rare en Europe.

Je ne rebondis pas. Coup de fatigue. Toute ma musique est électrique, alimentée par le nucléaire, cernée de déchets pour des millénaires. Je n'ai pas de solution pour inventer les toilettes énergétiques de la société française ; dois-je m'en rendre coupable ?

– Qu'est-ce que je peux te raconter d'autre ? Je l'ai aidé à monter sa cabane, et lui, il est venu faire des briques chez nous.

– Des briques ?

– Oui, on vit dans une fermette en briques de terre crue, il y en a pas mal dans la région. Chez nous une partie est déjà habitable, on retape l'autre.

Je ne peux pas m'empêcher de sourire.

– C'est curieux, quand on était mômes, Goku a voulu me buter avec une brique…

Alex se marre.

– Il me l'a pas racontée, celle-là.

– Peut-être qu'il en a encore honte.

On se laisserait bien emporter mais nos sourires se crispent.

– T'étais là vendredi soir ?

– Ouais.

– T'as aucune idée de ce qui a pu lui arriver ?

– Non, vraiment aucune.

Alex ne m'apprend rien de bon avec sa voix de crécelle, et pourtant je ne sais quoi dans sa réponse me réconforte. En me levant je pose la main sur son épaule.

Émeline discute avec Sophie.

– Excusez-moi.

– Non non, on avait fini.

– Tu vois les choses comment maintenant ?

– À la gendarmerie. Ce serait bien que tu viennes, d'ailleurs.

– Et qu'on fasse la déclaration ensemble ?

– Plutôt l'un après l'autre. Deux dossiers pèseront plus.

– Si je récupère ma voiture on peut aller à Saint-Pierre en suivant. Est-ce que quelqu'un pourrait nous conduire jusqu'au parking de ce matin ?

– On va trouver, attends.

– Et Lilia ?

– Sophie passe la prendre chez Étienne et reste avec elle à la cabane jusqu'à ce qu'on rentre. Tiens, Henri !

Henri était dans mon groupe ce matin. Un septuagénaire sec comme une trique, les yeux pétillants, qui porte un badge jaune sur sa casquette, marqué des lettres A.C.I.O.P.E. Depuis ce matin, j'ai vu pas mal de gens arborer ce sigle, qui se décline aussi en autocollants à l'arrière des voitures, et dont la signification m'échappe. À côté de lui, Christine, une petite dame très digne, le cheveu court, arbore les mêmes lettres à la poitrine. Elle a déposé Henri ce matin au point de rendez-vous, maintenant elle vient le récupérer, souriante mais peut-être pas commode. En marchant vers leur véhicule, je demande à Émeline :

– Ça veut dire quoi, A.C.I.O.P.E. ?

– Association citoyenne intercommunale opposée au projet d'enfouissement.

– Ah OK.

– Des gens du coin. Ils ne vivent pas sur la ZAD, c'est pas le style, mais suffisamment près de l'épicentre pour que leurs maisons ne valent plus rien si le projet se fait.

– Ça représente du monde ?

– Plus de quatre cents adhérents, et beaucoup de sympathisants. Souvent des retraités, on n'est pas de la même génération mais on se donne plein de coups de main.

Christine et Henri nous embarquent dans leur monospace, après avoir déplacé de la banquette au coffre les fauteuils rehausseurs de leurs petits-enfants. Je ne me suis pas assis à l'arrière d'une voiture depuis bien longtemps. Christophe était à la place d'Émeline, on faisait route vers la Lorraine, la tante Marie-France, un hêtre, et une histoire de briques.

La gendarmerie de Saint-Pierre-des-Puits est installée dans un bâtiment qui ressemble fort à un pavillon de banlieue résidentielle. Une haie blanche et une pelouse bien entretenue séparent le bâtiment de la chaussée. Même le portail est presque mignon, petit, des lattes de bois peintes en bleu, et pas le bleu gendarme, plutôt celui des maisons bretonnes. L'illusion ne dure pas : il faut sonner pour que ce portail se déverrouille, et annoncer la couleur. Je m'entends dire au visiophone « C'est pour une disparition inquiétante », et me regarde pousser la porte qu'un électroaimant vient de libérer dans une vibration sourde. La personne qui enregistre ma déclaration n'a rien d'un robocop, plutôt une dame replète, d'un certain âge, qui ne montre aucun signe de pitié en découvrant mon histoire, sans doute par esprit de corps – il y a quand même des gendarmes impliqués dans cette affaire –, peut-être aussi parce qu'en matière d'histoire triste, elle n'a pas de leçons à recevoir.

Maintenant c'est au tour d'Émeline d'aller enregistrer son dossier. Dans le Qashqai, j'épluche les trop nombreuses notifications qui ont fait tinter mon iPhone quand j'ai retrouvé du réseau en arrivant au village. Plus de mille likes sur Facebook pour l'annonce du concert à Toulouse, Carole Boinet a appelé trois fois pour proposer une participation au numéro de fin d'année des *Inrocks,* Malika aussi a essayé de me joindre, en visio sur WhatsApp et sur ma ligne, dix fois au total, la vie continue, la mort est un vautour qui hésite à se poser, et qu'est-ce que je dois en faire, moi, de tout ce bordel ?

Le plus urgent, c'est Malika.

– Putain mais t'es où ?

– Dans la Meurthe-et-Moselle.

– De quoi ?

– Tu t'y connais en vautours ?

– Maxime, soit tu m'expliques, soit je raccroche.

– Excuse-moi. Tu as un peu de temps ?

– Vas-y.

Dans la pièce principale de la cabane, un sac-poubelle bleu a été étalé sur le sol en guise de rivière. Une petite colonie de pinces à linge avance à la surface, groupées trois par trois, deux en avant sur les côtés, une en retrait au centre, peintes en noir, piquetées de jaune, sur la petite table de Lilia des pots de peinture sont sortis, du noir, du jaune, un tube de colle à bois aussi, bingo, « mais ce sont des écrevisses ! »

– Ben oui.

Une évidence pour la petite fille. La question n'est pas là, espèce d'adulte. Ce qui compte c'est : tu joues avec moi, tu te mets là, je t'explique ce qui se passe, elles sont en famille, t'as pas le droit de pêcher, celle-là, c'est la maman écrevisse, celle-là, c'est la grande sœur, lui le petit frère, eux les cousins, mais en fait, euh, les cousins ils sont morts.

– Comment ça s'est passé, Sophie ?

– Bien, bien.

– J'ai été très sage.

Sophie est une fille qui sait débusquer un tunnel de sangliers dans les ronces, mais après ces quelques heures avec Lilia, elle paraît un peu éprouvée.

– Et vous, la gendarmerie ?

– Inoubliable.

– Maxime a trouvé le titre de son prochain album.

– Et ce sera ?

– *Aimer la Meurthe-et-Moselle.*

– Inoubliable, c'est le mot.

Sur une étagère, Émeline saisit une bouteille qui porte l'étiquette « Mirabelle », et trois petits verres. Lilia crie « Ouais ! un apéro ! » et demande du jus de pomme d'une voix qui dénonce l'injustice par avance si la réponse est non. Jus de pomme accordé, puis dîner léger ; bientôt, elle est au lit.

Pour nous, la suite est assez floue. C'est la première fois que je picole autant tout en chuchotant, histoire de ne pas réveiller la petite. À la fin, je sais que je vais me coucher le ventre plein. Dire ce que j'ai mangé, aucune idée. Ce souvenir dans le brouillard : l'alcool de mirabelle est distillé par Jeanne, l'amoureuse d'Étienne. Elle est allée jusqu'en Haute-Saône pour trouver l'alambic. J'ai répondu « À la bonne heure ! », et on a trinqué une énième fois. Pour le reste, Qashqai, duvet, angoisse vaguement muselée, rideau.

Gueule de bois, boule au ventre, je me réveille avant l'aube, aussi incapable de me rendormir que d'ouvrir les yeux pour de bon. Les images remontent comme ça, lentement. Les briques et les mirabelles. Une pluie d'or. La gravité. Et ce nom : Marie-France Lombard. La vieille tante de Lorraine, la seule personne de la famille qu'on aimait bien. Elle était toute maigre mais quand on arrivait chez elle vers la fin des vacances d'été, après les politesses d'usage, elle allait secouer un de ses mirabelliers avec une force qui nous semblait colossale, et dans le frémissement des feuilles tombait une vraie pluie d'or. On se bâfrait de ces exquises petites prunes jaunes aux reflets rouges et cuivrés, et puis quand on n'avait plus faim, on commençait une cabane. Pas dans les mirabelliers, c'était interdit. Marie-France disait « Allez dans le hêtre ». On se foutait bien de savoir de quelle essence il s'agissait. Cet arbre un peu isolé, sans doute très vieux mais d'une santé débordante, aurait pu supporter sans broncher l'assaut de dix petits garçons aussi turbulents que nous.

La première fois, Marie-France avait déniché de vieux draps qui ne craignaient plus rien. Les années suivantes, on était venus avec notre propre matériel. On faisait mine d'être surpris qu'elle nous propose une nouvelle fois d'« aller dans le hêtre », et puis on allait chercher notre réserve de planches et de clous qui attendait depuis une semaine dans la Peugeot des parents. Vers la fin de l'après-midi se formait déjà une espèce de carcasse enthousiaste, et les parents partaient soulagés, parce que la tante n'y trouvait rien à redire et qu'ils allaient passer une semaine sans nous. Le deuxième jour, ça n'avançait pas trop, on avait la chiasse à cause des mirabelles, mais ensuite la cabane s'étoffait, présentant un toit fait d'une bâche, des murs de planches branlantes, presque pas de sol du fait des puissantes branches maîtresses qui nous suffisaient bien, quelques romans d'aventure qu'on ne lisait pas, et un petit coffre rempli de mirabelles maintenant traitées avec prudence : comme un trésor. On arrachait tout ce qu'on pouvait à la fin du séjour, on recommençait l'année d'après. Beaucoup de clous restaient plantés, c'était un peu raide pour le hêtre, mais il n'a jamais montré le moindre signe de faiblesse, même si au bout de plusieurs étés, il avait quelque chose d'une grande poupée vaudoue.

On n'avait donc rien de perfectionniste dans la construction. Pas besoin d'une boîte élaborée pour en faire sortir des mondes fabuleux. Une année, on devait avoir huit et dix ans, Christophe avait eu l'idée audacieuse de monter les parois non plus seulement avec des planches, mais à l'aide de vieilles briques trouvées dans un coin du jardin. Je n'ai pas dit non, mais une fois les briques posées en petits tas précaires entre les branches maîtresses, il y avait trop à faire contre les pirates de l'espace pour s'embêter avec de la maçonnerie. Parfois, il remettait ça sur le tapis, mais ça n'a jamais été suivi d'effet. Un matin où j'étais descendu de l'arbre ferrailler avec le chef des aliens, une brique m'a frôlé le crâne. Je ne sais pas qui était le plus pâle, moi au sol ou Christophe là-haut. On s'est longuement regardés sans rien dire, et j'ai fini par entendre « Pardon » dans un filet de voix. Il était si misérable, une immense pitié m'a envahi, j'ai grimpé à toute force, mais pardon de quoi ? C'est pas ta faute, t'as vu comme elles étaient mal empilées ? Je l'ai pris dans mes bras, il s'est laissé faire, on a fondu en larmes, on a regardé les briques, et puis on a commencé à les balancer par-dessus bord, en une seconde c'est devenu des bombes qui allaient définitivement éliminer le chef des aliens et ses troupes, on ne pleurait plus, ou alors de joie, Christophe avait même la bave aux lèvres et les dents découvertes, c'était un peu flippant, quand la dernière brique est tombée j'étais content que ça s'arrête.

D'une certaine façon je l'ai toujours su, mais il m'a fallu des années pour m'avouer que cet été-là mon frère, comme tant de frères, avait désiré que ma tête éclate. Est-ce qu'on en a parlé clairement un jour ? Pas sûr.

Maintenant assis à l'arrière du Qashqai, je regarde cette autre cabane qui abrite sa fille, dans la lumière timide du matin. Est-ce qu'il a repensé au hêtre en la construisant ? On s'était juré qu'on n'aurait jamais de gosse, que la famille, ce bourbier, ce serait pour les autres, on était très fiers d'avoir la maturité suffisante, dès l'adolescence, pour formuler ce refus. Notre pacte de sang : ne pas transmettre le nôtre. Faire cesser l'hémorragie. On aurait d'autres façons d'être féconds. Je m'y suis tenu. Plus de vingt ans après, est-ce toujours un signe de maturité ? Et ce pacte de frères, tu l'as trahi ? L'a-t-on vraiment passé ? Était-ce un pacte, ou un délire d'aîné autoritaire à qui on avait déjà tenté d'éclater le crâne quelques années avant, pour avoir un peu la paix ?

Cymbales sourdes, mailloches, deux petits poings contre la vitre, bonjour ma nièce. Je m'étais rendormi au petit matin.

– Maxime, c'est toi qui m'emmènes à l'école ?

– De quoi ?

Émeline apparaît à la porte, pas plus fraîche que moi.

– Salut. Désolée, j'ai pas entendu mon réveil, on est super à la bourre pour l'école. Ça va faire trop court à vélo. Tu crois que tu pourrais la conduire ?

– Elle va *à l'école* ?

– Oui.

– Vous avez une école sur la ZAD ?

– Non, à La Neuvillette, le bled à côté – quoi, tu trouves ça trop... normal ?

– Je sais pas, mais comme hier...

– Hier, c'était lundi. L'école, elle y va juste deux jours par semaine.

Lilia ajoute « le mardi et le jeudi », en appuyant bien sur le nom des jours pour que je comprenne.

– Euh, d'accord… J'ai le temps d'un café quand même ?

– Bien sûr.

On se gare à une minute de l'école. Sur le chemin, dès qu'elle aperçoit un camarade elle hurle son nom, même quand il est à deux mètres, comme si c'était un hasard incroyable et une chance inouïe de se retrouver ici. Les autres font la même chose.

En entrant dans le bâtiment, j'ai un choc. Il y a bien ces peintures pop un peu récentes, mais ce sont toujours les mêmes petits portemanteaux, les mêmes petits bancs, les mêmes petits lavabos surmontés d'un savon en forme de ballon de rugby jaune, les mêmes petites chiottes. Où je dois d'ailleurs l'accompagner avant la classe, elle fait toujours comme ça. Heureusement, juste un pipi, ça commencerait à faire beaucoup s'il fallait la torcher en plus.

Émeline m'a conseillé de me présenter au maître, si jamais je devais venir chercher la petite, il ne laisse pas partir les enfants comme ça. Je me suis saoulé à la mirabelle hier soir, j'ai le cerveau au ralenti, avant même d'avoir pu creuser la question je me retrouve à déclarer « Bonjour, je suis son oncle ». Le maître est plus jeune que moi, il fronce les sourcils avec un sourire, pour mémoriser mon visage ou parce qu'il l'a déjà vu à la télé ? Il dit « D'accord, à ce soir ».

En sortant, je repasse devant les petits portemanteaux, surplombés par les noms des gosses. Qu'est-ce que je fous là ?

Au retour, je trouve un mot sur la table de la cabane. « Les copains sont rentrés de la garde à vue. Je pars les retrouver à Borne blanche. Tu nous rejoins ? »

J'arrive par la route qui longe l'éolienne. Au pied de la structure qui porte les trois pales, un panneau dit « Ici, on ne se bat pas contre des moulins. On construit des moulins pour se battre. » Borne blanche n'est pas la seule habitation équipée : j'ai vu deux ou trois éoliennes, plus petites, ici ou là. Est-ce que ça suffit à alimenter tout le monde ? Et sinon, comment font les autres ?

Un bébé pleure à l'étage du corps de ferme, celui de Léa sans doute. Plusieurs vélos sont posés contre la façade. Je m'avance.

La vaste salle à manger que je découvre a quelque chose d'un accident de voiture : la rencontre violente d'un déjeuner chez mes grands-parents et d'un concert des Clash. Une grande table de bois éclairée par une lampe à crémaillère trône au centre, recouverte aux trois quarts de – de quoi d'ailleurs ? Cageots d'oignons, vaisselle propre, vaisselle sale, cendriers, tracts, bouquins, bouteilles de bière vides, machine à coudre, bougies ayant largement coulé sur le plateau en bois, pièces de mécanique, pinceaux, cartons, fil de fer. Le reste de la pièce est à l'avenant. Il y en a partout, sur le buffet, la table basse, le guéridon, par terre, et cet entassement n'est pas immobile, on croirait que tout vient d'être déposé par une rafale de vent qui souffle encore, ou par le souffle d'un concert punk, les Clash en effet, juste avant le rappel. Dans le coin cuisine, l'évier bouché laisse voir une eau jaunâtre. Un panneau le surplombe, qui indique d'une flèche « Zone humide ». De grosses gamelles attendent au mur, entreposées dans des racks métalliques sans doute dédiés au transport des valises dans les wagons SNCF jusque dans les années 1970. Les murs sont couverts de slogans. Il y en a du monde qui passe ici, chargé d'idées, d'objets, de désirs.

En bout de table, les copains prennent un café, du côté de la cheminée noire de suie où deux bûches peinent à réchauffer la pièce. Comme je m'avance vers eux, je manque me prendre les pieds dans le buisson de bottes en caoutchouc qui se dresse à l'entrée. Des tommettes en terre cuite, très belles et très collantes, me mènent jusqu'à eux.

Les présentations sont succinctes. C'était pareil pendant la battue : on ne donne pas son prénom tout de suite. Les regards filent sur mon pantalon slim, mes baskets Veja orange et bleu. Je sens Émeline tendue comme un arc. Face à elle, deux filles assez dans son genre, et à sa gauche, un gars très maigre, souriant. Curieux, ça. Ils sortent d'une garde à vue prolongée, leur copain Goku est aux abonnés absents et lui, il sourit, si largement qu'il découvre une molaire manquante. Ils sont restés sans manger ni boire pendant douze heures : sourire. Le coup de fil réglementaire, il a fallu qu'ils s'arrachent pour l'obtenir, les gendarmes ont mis des bâtons dans les roues à l'avocat avant qu'il puisse les voir : sourire.

Émeline essaie maintenant de recentrer sur Goku. Est-ce qu'ils ont surpris des bruits de couloir à la gendarmerie, comme une bavure qu'on essaierait d'étouffer ? Non. Des sous-entendus, même un peu vagues ? Rien. Et le vendredi soir, est-ce qu'ils ont vu Goku entre minuit et 2 heures ?

– Oui.

C'est lui qui a répondu. Tout sourire.

– On s'est croisés aux chiottes. Il y a une pendule, vous savez, juste au-dessus de la porte, je voyais qu'une seule aiguille, je comprenais pas, il est arrivé et je lui ai montré. Il a dit ben c'est normal, il est 1 h 05. On s'est marrés. Donc voilà, c'était entre minuit et 2 heures.

C'est tout. Il faut deux secondes à Émeline avant de rebondir.

– Et… il avait l'air comment ?

– Normal, un peu bourré quoi, on était tous un peu bourrés à cette heure-là.

– Tu l'as plus revu, après ?

– Non.

– Il a commencé à mixer ?

– Je sais pas. Après les chiottes j'ai fait un tour dehors, on était déjà quelques-uns. Les gendarmes avaient allumé une grosse lampe de chantier, ils étaient serrés les uns contre les autres, en dessous, on aurait dit des brebis. Nous, on commençait à être bien chauds. Il était peut-être là, remarque, si ça se trouve ça lui a fait envie d'aller au contact comme nous. Après, avec les lacrymos et tout…

– Quoi, « et tout » ?

– Non non, j'en sais rien, c'est juste que dans des moments comme ça, t'es pas tout le temps en train de compter qui est là et qui est pas là. Tu sais un peu autour de toi, mais ça bouge vite…

Et son sourire de se creuser encore. Est-ce un sourire ? Un passe-partout pour l'affront et l'excuse, la gêne, la vie de galère ?

Émeline reprend sèchement :

– Kyllian, si t'avais vu un truc, tu me le dirais ?

– Ben oui, bien sûr.

On n'en saura pas plus. La discussion traîne un peu, on parle de faire une battue plus large, on prend des nouvelles des blessés, puis chacun se remet en route. Je vais pour monter dans le Qashqai. Léa, descendue de l'étage, m'interpelle :

– La prochaine fois, tu pourras te garer dans le pré derrière ? On évite les bagnoles dans la cour.

C'est dit sans méchanceté, avec un mépris tellement sûr de son fait pour « les bagnoles » et leur monde qu'il n'a même pas besoin de se faire agressif. Ça me gonfle, cette espèce de norme de la marge, mais on verra plus tard.

– OK, je le saurai.

Kyllian repart seul, à pied. Une silhouette de fil de fer, mais des épaules larges, un pas très assuré. Comme je le double en voiture, il agite la main. J'ouvre la fenêtre.

– C'est à toi cette bagnole ?

– Oui.

– Belle bête.

Impossible de savoir s'il se moque ou non.

– Tu veux que je te dépose ?

– Non merci.

On se salue. Peut-être qu'il ne sourit pas vraiment, que c'est juste de la peau tendue sur des os, comme chez les lézards, une façon bien à lui de mâcher la vie, la déveine et la rue.

Émeline dit que Goku est un gentil garçon. Moi j'ai connu un enfant bagarreur. « La télé influence-t-elle le comportement de nos chères têtes blondes ? » Le débat avait fait grand bruit vers la fin des années 1980, quand Dorothée était rentrée du Japon avec, dans ses bagages, plusieurs dessins animés ultra-violents, le fameux *Dragon Ball*, mais aussi *Les Chevaliers du Zodiaque*, *Nicky Larson* et surtout *Ken le Survivant*. Christophe et moi, on n'avait pas attendu le voyage de Dorothée pour se foutre copieusement sur la gueule, mais je me souviens que mon père agonisait ma mère dès qu'on se mettait la moindre beigne, parce qu'elle nous laissait regarder les exploits de Ken et des autres et qu'on voyait bien le résultat. À peu près à cette époque, elle nous a proposé le conservatoire. Peut-être que ça faisait bien chez des prolos ; c'était gratuit ; et les cours se tenaient le mercredi, pendant les dessins animés. Au départ, on avait piqué de grosses colères, jurant que non, on n'irait jamais à la musique, et puis après deux séances, tombés raides dingues de la prof de solfège, on avait oublié Dorothée. Ma carrière doit beaucoup à cette prof, à ma mère et à *Ken le Survivant*.

On se bagarrait toujours, mais les sons remplaçaient largement les poings. L'appartement était trop petit pour y créer une « pièce musique ». C'est le couloir entre nos deux chambres qui a servi de ring. D'abord, on s'enfermait chacun de son côté, et là ça grinçait, ça martelait, ça vrombissait un bon moment sur les instruments d'étude que les parents nous louaient à l'année. Combien de milliers d'heures à se déformer le corps pour qu'il trouve comment faire chanter malgré tout ces guimbardes terribles ? Et puis sans qu'on se dise quoi que ce soit, les portes finissaient par s'ouvrir, et là ça y allait, à coups d'études, de « mazurkas faciles », de bourrées en *mi* mineur, ça sortait de chaque chambre pour essayer de couvrir l'autre, en puissance, en vitesse ou en morgue. On ne pensait pas du tout au son global, qui devait être atroce, mais comme il n'y avait personne pour nous le dire, on a continué, bille en tête. L'envie de départ, c'était de faire taire l'autre, de le stupéfier, de le dégoûter par l'avancée des progrès. Assez vite, il y eut du plaisir à jouer ensemble, quel ensemble au juste c'était bien mystérieux, on devait se retrouver sur des intensités, des tempi, des tonalités qui s'accordaient au hasard, aucun de nous deux n'aurait voulu le reconnaître, seulement voilà : au lieu de se cogner dessus, on faisait des duos, sans doute les duos les plus violents de toute la Haute-Saône, mais des duos quand même.

La violence n'est jamais partie. La musique n'adoucit pas les mœurs. Le but d'une baston, c'est de gagner, de montrer qu'on est le plus fort. Ce but restait crucial dans notre désir de jouer : même si on partageait toujours plus de complicité, on continuait à se tirer la bourre. La baston ne donnait plus de bleus ou de nez qui saignent, elle frappait ailleurs. Ses conséquences étaient valorisées, on progressait à toute vitesse, mais elle nous a marqués dans nos chairs. En ce qui me concerne, même aujourd'hui, je monte sur scène avec une joie intense, et aussi l'envie confuse d'en découdre. Non plus avec Christophe, mais avec qui ? Le public, mes partenaires, moi-même ? Peu importe : en découdre. Pour ce qui est de Christophe, toute cette tension a dû peser dans son choix d'arrêter la musique vers la fin du lycée. Mais alors où est-elle partie, la violence qu'il mettait dans chaque frappe de baguette sur ses fûts, dans chaque coup de pédale contre la grosse caisse ? Est-ce qu'un soir de fête à côté d'un peloton de gendarmes pas complètement rassurés, le gentil garçon a senti remonter son côté Ken ?

Quand j'arrive à la cabane, le vélo d'Émeline est déjà posé contre le mur. Je toque, pas de réponse. J'ouvre, elle pleure. C'est à ce moment-là que je décide de ne pas aller jouer à Toulouse. Je ne sais pas où me foutre, Émeline est la compagne de mon frère, on se connaît à peine, cette vision est insupportable, les larmes me montent aux yeux. Alors m'apparaît l'évidence que mon frère est mort et qu'il faut le trouver, en avoir le cœur net. Je vais aider Émeline à organiser une plus grande battue et à préparer les obsèques. Pour l'instant, je lui dis seulement que je reste, qu'on va élargir le territoire de recherche. Elle approuve en se mouchant. Elle me regarde.

Il y a dans ses yeux autre chose que la crainte de la mort, quelque chose que je ne reconnais pas.

Non pas une, mais deux battues supplémentaires. Jusqu'où peut aller un homme égaré par une blessure ? Denis, l'ami chasseur, s'appuie sur sa connaissance du relief local et ses souvenirs de guerres lointaines, lui, le militaire de carrière, aujourd'hui retraité, fort critique, ayant tout vécu dont des miracles, comme ces compagnons d'armes revenus au camp après dix heures de marche, qui les deux mains en moins, qui le dos arraché par une grenade (il appuie bien sur ce mot). Mais c'était sur du plat, un désert qu'il ne nommera pas, d'ailleurs ; « par contre, là » – son doigt pointe la carte IGN du coin – « ils n'auraient pas eu la force de remonter ce vallon. Donc il faudra bien regarder au fond. »

Bientôt, l'espace dessiné par Denis est trop vaste, il faut répartir la tâche, deux demi-lunes, d'abord à l'est puis à l'ouest. Alors, au téléphone fixe de Borne blanche, c'est une litanie de noms nouveaux, le bois de Tansonville, Thierry Jacquot, Martine et Dominique Demange, Christian Thouvenin, Kevin

Richard, le dépôt de Vézelise, Saint-Firmin, Maëlys Aubry, la colline de Sion, Pont-Saint-Vincent, Battigny, Arthur Blanchard, encore et encore, ils connaissent donc tant de monde, tant de lieux ? Des heures de demandes et de remerciements, hantées par ce qui pourrait bien nous attendre au fond des vallons. Vient l'heure d'aller chercher Lilia à l'école : Émeline enfourche son vélo. Je reste encore un bon moment à Borne blanche, épaulé par Léa, Sophie et Denis. Entre tout, j'arrive à appeler Malika. Elle comprend bien pour Toulouse. Les assurances suivront. « Il te faudrait quand même un certificat médical, Maxime, je vais voir à ça. Infection urinaire, ça t'irait ? »

Le soir à la cabane, rideau à 20 heures.

Mercredi matin, on s'attaque à la demi-lune est. Des bottes et pas de fourche cette fois-ci, les voix qui tournent dans le paysage, tous les sens en éveil pendant quatre heures : rien. L'après-midi, la gendarmerie départementale nous contacte pour « proposer du soutien logistique ». Ont-ils intercepté les appels depuis le fixe de Borne blanche hier ? En fait de « proposition », on n'a pas trop le choix. La demi-lune ouest est évoquée, ils veulent connaître nos lieux de rencard, critiquent certains parcours, approuvent globalement. Plus tard, Émeline commente d'une voix blanche, « comme ça, ils nous surveillent gentiment, et nous, on pourra pas dire qu'ils ont rien fait ». Quelques copains de la ZAD renoncent à participer, on ne va pas collaborer avec l'ennemi, surtout si on a un casier pas franchement vierge. La majorité promet de venir malgré tout.

Au point de rendez-vous, deux brigadiers attendent sur le parking sauvage, plutôt jeunes, athlétiques, avec des talkies-walkies et un chien. Ils sortent des cartes plastifiées, commentent l'itinéraire sur le ton de la concertation et prennent bien soin de lancer la marche par une question (« On y va ? »), mais personne ne s'y trompe. À leur approche, les copains ont immédiatement transformé l'air qui nous sépare en une masse compacte. Quand le triangle de la battue se met en branle, aucun d'eux ne prend place au côté d'un gendarme, ils laissent d'autres participants s'y coller. Ils ne peuvent pas faire beaucoup plus.

Je veux le retrouver, aujourd'hui. Que les renards cessent de lui bouffer la face. Il ne s'agit plus de mouchoir ou de gant, mais d'une dépouille. Je tremble et je suis prêt, c'est imminent. Le chien se met en route, léger, décidé, et quelque chose me pousse d'emblée à calquer mes pas sur sa foulée. J'oublie son maître en uniforme, ce qui compte est cette truffe plus puissante que l'œil des meilleurs rapaces. Les rapaces ont des yeux formidables, mais le chien sait tout avant même que ses yeux perçoivent quoi que ce soit. C'est ce qu'il nous faut, exactement. Moi aussi je produis des images, mais sans boussole, et c'est le chien qui va réunir nos images jetées en avant et le cadavre réel, son poids situé sur la carte, sa couleur concrète. Il doit naviguer parmi des dizaines de lignes entrecroisées, chevreuils, lièvres, sangliers, renards, blaireaux, les écarter et s'en tenir à celle que son maître exige. Ses yeux regardent le sol, rien ou presque, seulement les obstacles qui pourraient entraver sa progression sur la ligne juste, la ligne d'odeur. Mouchoir, tissu arraché ? Nos signes humains sont dérisoires. Voici le vrai déchiffreur, celui qui peut prédire où sera la catastrophe par de minuscules capsules chimiques répandues sur le sol. Je sais écrire et lire, et sauvegarder mon chant sur un écran lumineux, mais face aux lignes d'odeur me voilà nul, pressé de suivre un chien qui perçoit mon attention, s'en trouve galvanisé, redouble d'efforts. L'issue de Christophe est entre nous, dans l'espace séparant deux bêtes, l'une qui sent les corps invisibles et l'autre qui sait l'encourager. Nous avançons, tous deux inclinés, vers le vallon.

C'est encombré de troncs morts, de ronces, de mousses. L'eau affleure partout. On progresse mal. Le chien s'impatiente, lui qu'aucun obstacle ne gêne, souple et bas, il lève la tête, je croise ses yeux, et ceux du maître qui tient sa laisse. Des yeux bleu gris, très clairs. Il repart, nous tire en avant, le gendarme lui enjoint d'attendre, pas moi. Il bifurque, s'installe dans la rainure du vallon, là où c'est le plus creux, le plus humide. Le parcours se dégage un peu, comme dégrossi par d'autres foulées que les nôtres. Cette rainure, c'est la ligne juste, le chemin où Christophe a erré avant de tomber pour de bon ? Les pas d'un agonisant se superposent aux courbes de niveau sur la carte IGN. Le chien s'immobilise, lève la tête. Nous cherchons des images. Il repart. Qu'est-ce que je brasse de téléfilms, de romans, de longs-métrages dans des salles noires, ici au grand air ? Qu'est-ce qu'il puise de souvenirs dans son métier de chien, combien de cadavres à son actif ? Il s'immobilise, lève la tête. Il va trouver. Partir en courant vers la dépouille puante. « L'eau le gêne. Il est paumé. »

Ces mots du brigadier me font l'effet d'une lame. Mais non. Il va trouver, il est excellent votre chien, un vrai limier, allez, vas-y, continue. La bête s'obstine sur le sol détrempé, renifle plus fort, comme un début de toux. Il repart, enchaîne ces pas précieux qui reforment une ligne et me rassurent. Cent mètres, deux cents. Et voilà qu'il relève la tête, langue pantelante. Il regarde son maître. Le maître me regarde. Trop de vide dans ce gris clair, qui gagne mon ventre, le creuse. Trop d'eau. Des trous. On patauge. Le chien repart, remonte maintenant l'autre versant du vallon. Cinquante mètres, puis il hésite. Le museau penché vers le sol, reniflant sans succès, on dirait maintenant qu'il s'excuse. Son maître aussi.

Je reste trois jours de plus. D'abord inerte, comme une corde cassée : l'immense déception puis le flottement irrésolu, je ne sais pas vivre ces états et demeure longuement allongé dans le Qashqai, sans force ni sommeil. Émeline s'accroche à l'action, fouillant les derniers recoins avec Denis et ses chiens, tentant d'obtenir de la gendarmerie qu'elle dépêche des hommes-grenouilles dans les cours d'eau les plus proches. Lilia dort maintenant très mal, et ce petit visage tellement disposé à la joie grimace d'une seconde à l'autre vers des larmes sans raison, une petite chute, une frustration dans un jeu – la vraie raison étant si évidente qu'on lui passe un peu tout.

La ZAD est une cocotte-minute. Cinquante personnes à cran, prêtes à lancer les hostilités parce qu'un de leurs camarades manque à l'appel depuis une semaine. Pourtant, comment prouver le lien entre les affrontements et l'absence ? Que faire de ces pointillés ? La ligne d'odeurs a terminé en cul de sac. Les témoignages des copains sont pauvres. Les avis de recherche dans la presse et sur les réseaux sociaux ne donnent rien. Toute cette énergie s'accumule sans trouver de voie de sortie.

Quand la gendarmerie refuse définitivement l'envoi d'hommes-grenouilles, les engrenages s'enclenchent. Deux heures plus tard, nous sommes plusieurs dizaines dans une grange, à former des cercles de chaises concentriques. Presque toute la ZAD est là, ainsi que des paysans et des habitants déjà croisés lors des battues. On ne peut pas rester les bras ballants. Impossible d'attaquer, d'enterrer, d'incinérer, de conclure ? Il faut poser un jalon, malgré tout. Mais quoi ? Un jeune homme élancé, la barbe longue, lève la main. Alex lui donne la parole. Il propose d'« écrire une lettre ouverte aux robocops ». À ces mots, je sors de ma torpeur en voyant une vingtaine de mains se dresser. Pas pour demander la parole, index pointé bien droit, non, plutôt comme la Queen Elizabeth saluant la foule, en plus délié, plus rapide. Anémones de mer que balaye un courant vif. J'ai entendu parler de ces gestes au moment de Nuit debout, mais qu'est-ce qu'ils veulent dire au juste ?

Kyllian réagit : « Vous les aimez bien, les robocops. Vous sortez leurs chiens, vous leur proposez des sorties plongée, ça vous rend tout tristes quand ils refusent, et puis maintenant une petite lettre ? Moi je vais vous dire, ils patrouillent tous les jours entre Vézelise et Pont-Saint-Vincent, on sait très bien pourquoi, et on sait très bien comment les arrêter si on veut. » Quelques anémones se dressent, moins nombreuses. Difficile de savoir si c'est pour applaudir ou condamner, les visages restent neutres. La voisine de Sophie lève la main. Alex la regarde : « Oui, Louise ? » « Je suis d'accord avec Kyllian. On en a marre des symboles, il faut des actes. La société nous réduit aux symboles, et tant qu'on joue son jeu parce qu'on veut pas de violence, on n'avancera pas. Les pelleteuses, pendant ce temps-là, elles font pas dans le symbole. » Une quinzaine d'anémones, mais Kyllian réplique « Vous faites chier avec vos histoires de symboles. » Alex s'impatiente : « Kyllian, lève la main pour prendre la parole, s'il te plaît. » Kyllian s'exécute d'un geste exagérément efféminé. Plusieurs personnes croisent les avant-bras sur-le-champ, comme pour lui barrer le passage, et les visages, cette fois, condamnent clairement le sous-entendu de Kyllian. Des corps expressifs comme celui d'un chef d'orchestre, sauf qu'il n'y a pas de chef.

Sophie lève la main, Alex fait oui de la tête. Elle se tourne vers Kyllian : « Franchement, ça me dirait bien d'aller casser du gendarme avec toi, mais là, même si on a de gros soupçons, agir sans preuve c'est de l'agression pure, on perd toute légitimité. La seule chose qui est sûre, c'est ça : des lacrymos, et puis Goku disparaît. » Kyllian se marre : « C'est de la magie ! » Louise reprend la parole : « C'est pas con, ça, Kyllian. On pourrait faire un éloge ironique des gendarmes en magiciens : super, vous avez fait disparaître Goku, comme David Copperfield. Ce serait une vraie manière de dire notre indignation et notre inquiétude, sans qu'on puisse nous reprocher d'accuser sans preuve. »

Des dizaines d'anémones se lèvent, ardentes.

Maintenant, on voit bien qu'elles applaudissent. Pourtant, je sens une différence avec les « bravos » que je connais. Ces visages neutres, ce mutisme : il ne s'agit pas de dire « comme tu es fort », simplement « je suis d'accord avec toi ». On ne se perd pas dans la fusion au bénéfice d'un seul. L'orchestre des individus se dirige sans chef.

La lettre ouverte est publiée dans la partie « club » de *Mediapart*, sous le titre « Robocopperfield ». Avec beaucoup de délicatesse, Émeline m'a demandé si je voulais bien apparaître comme cosignataire sous mon nom d'artiste, j'ai accepté. J'en tire un certain apaisement. La lettre apparaît également sur le site de la ZAD, accompagnée d'une sorte d'éphéméride : « Notre camarade Goku est porté disparu, jour *n*. » Henri a codé un petit programme modifiant la date de décompte toutes les nuits à 2 heures. Et ensuite ? On tourne en rond dans la cabane.

J'essaie d'aider Émeline, et comme on ne sait plus trop quoi faire pour Christophe, me voilà en train de laver la vaisselle, de plier du linge et, malgré moi, d'épier son regard plein de crainte pour essayer d'en comprendre le sens. Je sens bien que je la gêne. La petite est terriblement attachante. Pourtant, qu'est-ce que je peux lui promettre, ou pire, lui laisser croire ? Je suis un saltimbanque. Malika est prévenante au téléphone, mais je sens bien qu'elle presse pour que je parte à Rennes. Elle ne pourrait pas faire grand-chose pour annuler un deuxième concert : une infection urinaire ne dure pas mille ans, et je n'ai aucune justification solide comme un certificat de décès. L'absence est un vide, dans nos ventres et aussi dans la loi. Je dois prendre la route. Bien sûr, si on retrouve Christophe, je serai de retour immédiatement ; bien sûr, je ne peux plus ignorer qu'il a une fille ; bien sûr, je vais revenir. Dire quand, combien de temps, est plus difficile.

La dernière après-midi, je vais chercher Lilia à l'école, et pas seulement parce que ça dépanne. La voilà toute contente de me voir. « Elle a passé une bonne journée ? » Le maître répond « Oui » avec un drôle de sourire. Je le connais, ce sourire : c'est celui des fans qui vont demander quelque chose. Le voilà qui sort mon deuxième album et un marqueur, « Pour Kevin », là au milieu des gosses qui m'arrivent aux genoux et des parents un peu surpris, je pense « il est gonflé, quand même ». Quand je lui tends le disque signé, il ne dit pas « Merci ». Il dit « Bon courage ».

Alors je comprends son sourire, et mon erreur. Il sait pour Christophe, il sait que Christophe est mon frère, il s'est dit comment je peux aider ? Il tente le coup, gêné. C'est rare qu'on utilise mon travail d'artiste dans l'espoir de m'encourager en tant que personne – et ça ne me plaît pas du tout.

Je dépose Lilia chez elle le plus tendrement possible, je ne me presse pas pour partir, il n'y a aucune raison qu'elle subisse mes affres de chanteur ; l'affection d'Émeline au moment des au revoir me fait chaud au cœur ; mais au fond de moi il est temps : je dois redevenir Naram Sin.

Camille. Quand j'ai appris que les zadistes se faisaient tou-t-e-s appeler Camille pour parler aux journalistes, j'ai pensé à Camille la chanteuse, on se connaît un peu, on s'apprécie, je me suis dit c'est drôle, le même prénom utilisé par certains pour devenir anonymes, par une autre pour affirmer son identité, comme si elle pouvait se passer de patronyme à force d'être elle-même, à la façon d'une reine. Qui connaît le nom de famille de la Queen Elizabeth ? Camille, la reine et les anonymous, les anybody. Un même masque, deux options.

Mon nom d'artiste, je l'ai trouvé au Louvre, par hasard. Le Louvre ? Un souvenir de voyage scolaire, une institution, à huit ans on a du plaisir à voir en vrai les antiquités égyptiennes, mais on sent que c'est sous vitrine, loin de soi, même quand le papyrus est là, sous notre nez. J'avais dix-huit ans quand je me suis installé à Paris, mais je n'ai pas dû retourner au Louvre avant mes vingt-deux ou vingt-trois ans.

Je ne l'aurais peut-être jamais fait sans Julia, rencontrée quelques jours avant, à l'issue d'un concert de Slack à la Flèche d'or. Tout m'étonnait chez cette fille, et pourtant chaque fois que je me laissais faire, je n'en tirais que du bon, alors quand elle a proposé le Louvre, pourquoi pas ? Le fait même que j'aie envie d'elle était une surprise. Je sortais uniquement avec des garçons à cette période-là. Julia n'était pas spécialement garçonne, je n'arrivais d'ailleurs pas très bien à dire ce qu'elle était. Un bloc de vie, habillée comme un sac, les ongles toujours noirs, un humour terrible, un accent italien à couper au couteau. Elle avait beaucoup ri en découvrant mon nom de famille. « Maxime Lombard ? Mais moi je viens de Milan mon cher, on est faits pour s'entendre. » Jusqu'à présent, cet héritage de mes ancêtres italiens venus se tuer à la tâche en France me laissait totalement indifférent. Julia n'arrêtait pas d'y revenir, de me dire qu'on était peut-être cousins, que si ça se trouve c'était incestueux ce qu'on était en train de faire là, et qui semblait pourtant lui plaire.

On était à un moment-charnière dans la vie de Slack. Le groupe rencontrait un vrai succès d'estime. Nous tirions une grande fierté de ce quintet où toute la musique complexe qui nous rentrait dans la peau, à travers la première classe de jazz jamais ouverte au Conservatoire national, ressortait sous une forme brute, pleine de machines et de rock'n'roll. C'est comme bassiste que j'avais intégré le Conservatoire. Le be-bop, les tritons, les substitutions d'accords : je ne pensais qu'à circuler là-dedans à coups de doubles croches, pendant que le métronome battait à 200 à la noire, à travailler le son pour que l'attaque soit précise, mais le rendu un peu crade, agressif, désinvolte. Dans sa tombe, Jaco Pastorius n'avait qu'à bien se tenir.

Les propositions de concerts se multipliaient. On attirait à la fois les programmateurs de jazz qui voulaient séduire un public rajeuni et ceux des musiques actuelles en quête de formes nouvelles. Cela demandait de renoncer à d'autres engagements, et peut-être bientôt d'arrêter avant son terme notre formation au Conservatoire. Il y avait eu une réunion au cours de laquelle, avec tout le sérieux dont on est capable à cet âge, nous nous étions solennellement engagés à donner l'exclusivité à Slack. J'avais juré ; une petite voix me disait que c'était une erreur. Depuis quelque temps, il se passait un truc avec Slack.

On chantait tous des chœurs. Parmi nos héros, il y avait Charlie Parker ou Thelonious Monk, mais aussi les Beatles et les Bee Gees. Les voix superposées nous autorisaient un surcroît d'intensité : quand ça chauffait déjà très fort avec les instruments, que le public était enthousiaste, engagé physiquement avec nous, d'un coup on balançait une nappe supplémentaire sortie de cinq gorges en même temps. Les gens, alors, n'en restaient pas à l'enthousiasme : ils devenaient dingues. En revanche, on ne prononçait jamais un mot. Pas de paroles, juste des sons. Les paroles, c'était commercial. Le péché absolu. Il fallait capter l'énergie rock, la musique la plus populaire inventée à ce jour, sans jamais devenir vulgaire, autrement dit : commercial. La frontière, c'était les mots. Le message. Le mensonge. Le jazz vocal ne trouvait grâce à nos yeux que dans la transformation des paroles en scat : en improvisations syllabiques, dépourvues de sens, devenues pures dentelles de sons.

Pourtant, j'avais dérogé à la règle. Les cinq ou six derniers concerts de Slack, le besoin de paroles m'était apparu comme une évidence. Je n'étais pas parti du message, plutôt du débit et du brouillage. Quand on balançait nos chœurs au sommet des morceaux, quelque chose me lassait maintenant. C'était d'un bloc, facile, massif. J'avais envie de parasiter ce bloc, de le salir. J'écoutais pas mal de hip-hop à ce moment-là, il me semblait qu'au-delà des paroles, les rappeurs tenaient un équilibre incroyable entre le flux continu et l'interruption, les vides et les pleins. Et puis projeter des mots, c'était complexifier la musique, multiplier les angles d'attaque, ne pas s'en tenir à « regardez comme nous sommes ensemble ». Au milieu d'un chœur enivré qui commençait à faire prendre le public, j'ai balancé une espèce de freestyle verbal sans prévenir personne – à commencer par moi-même. Quelles paroles ai-je pu articuler ? Aucune idée. Déflagration : les spectateurs se sont mis à sauter partout, tournant d'un coup vers ma gueule un énorme projecteur d'amour. Sur scène, les autres m'ont regardé comme si j'avais braqué une banque.

Ils n'ont rien dit. L'effet était là, et puis les conflits, on n'avait pas l'habitude. Jusqu'alors, Slack avait été un groupe rigoureusement égalitaire. On reconduisait l'idéal anarchiste des figures les plus radicales du free-jazz. Raison supplémentaire de haïr les paroles : un privilège de chanteur, de poète-dictateur dominant ses troupes. Icône au centre des regards, Christ en croix mais sucré, juste bon à vendre aux midinettes. Un tyran de la pire espèce : *commerciale*. Sur ces bases partagées, en deux années d'existence, il n'y avait jamais eu besoin de recadrer l'un ou l'autre. Voilà que je faisais tanguer l'édifice, et mes amis avaient bien de la peine à trouver les mots pour me le dire. À la Flèche d'or, mon freestyle avait été particulièrement long et efficace. Je gagnais en assurance : capable de créer un moment de calme après un début tumultueux, au risque de perdre le public, puis de redonner un coup d'accélérateur qui menait bien plus haut que si je m'en étais tenu à une progression constante. Après le concert, dans les coulisses, Stefano rangeait son saxophone soprano, il s'est tourné vers moi, emporté par une colère si inhabituelle qu'elle lui donnait un sourire gêné, et il m'a dit en tremblant « Tu te prends pour le roi ? » Je me doutais que des critiques allaient me tomber dessus un jour ou l'autre. La peine que j'ai ressentie m'a surpris. Je n'ai pas su quoi répondre. Quelques minutes plus tard, une amie commune me présentait Julia au bar.

Julia était stagiaire à Radio France, elle participait à un documentaire sur les fondeurs d'art qui réalisaient les copies des sculptures du Louvre. Des mal-aimés, détenteurs d'un savoir-faire puissant et complètement méprisé, parce qu'il ne servait qu'à reproduire, et non à inventer. Elle m'en parlait du soir au matin. Voilà comment je me suis retrouvé au Louvre, entouré par les façades d'un palais assyrien reproduit là, en plein Paris. Les fondeurs d'art avaient bien fait leur boulot : j'étais complètement stupéfait par la puissance minérale de ces parois qui ne contenaient pas un gramme de pierre, juste de la résine. Elles figuraient de gigantesques taureaux à têtes d'hommes qui nous regardaient de très haut. Dans une salle voisine, une pierre dressée de la taille d'un adulte allait encore plus loin dans la grandiloquence. Elle figurait l'empereur d'Akkad au sommet d'une foule, coiffé d'une tiare à cornes. Tous les regards convergeaient vers lui, et le sien était tourné vers un soleil qui semblait accroché à la pointe supérieure de la pierre comme un projecteur cosmique. Le cartel expliquait que la tiare à cornes était jusqu'alors réservée à la représentation des divinités. C'était la première fois dans l'histoire de l'humanité qu'un souverain se donnait les attributs d'un dieu. Il s'appelait Naram Sin.

J'ai flashé : ça sonnait un peu comme Maxime, tout en emportant les syllabes vers un imaginaire étranger, et puis il y avait ce « Sin » final. Je ne parlais pas l'akkadien mais l'anglais un peu, assez pour y entendre le péché, le péché d'orgueil : c'était parfait. Je savais quoi répondre à Stefano. J'allais faire dans l'escalade. Lui retourner son accusation par une affirmation plus arrogante encore : je ne me prenais pas seulement pour un roi, mais pour un empereur, et même un empereur-dieu. Était-ce si surprenant ? Il y avait bien eu Elvis le King, Ringo Starr qui s'était rebaptisé en astre depuis la misère de Liverpool, et plus proche de moi, un enfant d'immigrés italiens que tout le monde appelait maintenant Akhenaton. Être musicien, c'était forcément pécher par orgueil, se croire assez important pour que les autres se taisent et vous écoutent. Il fallait assumer. Ça allait bien, l'hypocrisie égalitaire, la fusion régressive. J'avais vingt-deux ans, peut-être vingt-trois, toute la santé ridicule et grandiose de cet âge.

Et puis il y avait autre chose. L'Empire, ça me connaissait. Ce mot-là avait surplombé toute mon enfance comme une autre sorte de divinité, un lion terrible, partout présent. Vesoul n'était rien sans Peugeot. Combien de carrières, de mariages, d'accidents du travail, de corps en laisse, de colère et de soumission transmises ? On disait rarement « Peugeot » tout court. On préférait « la Peuge » ; ou bien : l'Empire Peugeot. Même teigneux, même très sûrs de notre talent musical, Christophe et moi vivions baignés dans cette atmosphère pesante, où bien souvent, s'accomplir personnellement, c'était soit se fondre dans le moule et gravir les échelons, soit devenir un héros de la lutte des classes. J'avais déjà réussi à prendre la tangente, à gagner Paris. Christophe ne pouvait pas en dire autant. Aux dernières nouvelles, il avait même bossé un temps pour la

Peuge, aux basses œuvres. Moi, je n'allais pas en rester à ma digne indépendance d'artiste grenouillant obscurément hors de son milieu d'origine. J'allais régner à mon tour, créer mon propre milieu, qui ne serait plus fait d'une hiérarchie de bleus et de costards s'affairant plus ou moins loin de la tôle et du bruit, mais de sons, de paroles et d'images transmis par les disques, la radio, la télévision et tout ce qu'on voudrait, dans un désir indistinct de venger mon frère et tous les dominés, et de les écraser davantage. Ça bouillonnait en moi depuis toujours, depuis bien avant moi peut-être, je n'étais que le réceptacle de cette lave impatiente à laquelle le Louvre offrait enfin un nom convenable : Naram Sin. L'homme aux cornes solaires qui saurait éventrer tous les lions du monde.

Stefano m'a rendu un immense service en me poussant à tant de mégalomanie. Cette énergie m'a beaucoup aidé les premiers temps, face aux humiliations, aux déceptions, aux galères de fric. Même si je la trouve un peu grotesque aujourd'hui, même s'il m'arrive de penser que j'aurais pu faire autrement, je reste attaché par une vraie tendresse à Naram Sin, à ce geste souverain de se renommer.

Quitter Slack s'est avéré plutôt facile. Supporter les moqueries de Julia quand je lui ai révélé mon nom d'artiste fut beaucoup plus ardu. « Je t'emmène voir des artisans de l'ombre, et toi tu te prends pour le Roi-Soleil ? » J'ai tenu bon. Il m'arrive encore d'écouter l'excellent documentaire radiophonique sur les fondeurs d'art. Pour Slack, il m'a suffi d'arriver en répétition sans instrument, et tout le monde a compris. Je n'avais plus qu'à dire quelques mots, leur présenter Naram Sin pour qu'ils entendent que non seulement je partais, mais que c'était un départ aristocratique. Je me suis retrouvé dans la rue, libre de mes mouvements, avide de tout.

Cette facilité à rompre le lien n'était pas si surprenante. Quitter des proches d'un coup, sèchement, avec l'immense prétexte de devenir soi-même, je savais faire. Depuis cinq ans, on ne m'avait plus revu à Vesoul.

Alors j'accomplis une fois encore le rituel du sacre, d'abord à Rennes puis à Brest. Garer le Qashqai. Franchir le seuil de ces espaces si particuliers, les salles de concert. Collaborer avec des personnes associant tant de métiers et d'humeurs pour ajuster un espace à du son et des présences, comme un vêtement géant sur un corps bizarre. Retrouver Sabine et Mory, la batteuse et le bassiste avec lesquels je joue depuis dix ans, et aussi Malika, qui a fait le déplacement depuis Montpellier – elle a bien senti qu'il fallait. Faire la balance, ce dosage des volumes, des fréquences et des effets nous assurant un écho juste de ce que nous faisons. Répéter un peu, sentir le retour immédiat des réflexes, du plaisir, pendant que derrière la console Philippe, puis Nadia, règlent les lumières. Attendre, manger, boire, dormir, attendre encore, dans de petites pièces aveugles.

Arrive l'heure de jouer. Le public apparaît, l'éblouissement cache les visages, un mur de clameurs et de lumières.

Pourquoi le taire ? C'est terriblement bon. Alors le son part. Guitare, basse et voix, cordes vibrantes amplifiées par des transistors jusqu'aux membranes des enceintes qui trépident tout ce qu'elles peuvent. La batterie, peaux de plastique tendues à mort sur des cercles de métal, cinglantes comme des armes à feu chaque fois qu'on les frappe. Amplifier, oui, la musique amplifie des peaux, des cordes, des membranes, jusqu'à d'autres membranes cachées au fond de nos oreilles, entrées en résonance. L'air qui nous relie est fouetté, retourné, bouleversé, et c'est ce que nous souhaitons tous, sur la scène, dans la salle, cet ouragan électronique, ces bourrasques de trois minutes : des chansons. Dans les pauses, quelques mots au public, des remerciements, une plaisanterie, l'annonce de ce qui va suivre. Ils crient, commentent, blaguent en retour, j'aperçois des sourires, des mains. Une complicité profonde avec de parfaits inconnus, l'envie d'en donner toujours davantage. Alors ça repart. Une rafale de plus, et encore, et encore. Fabriquer une tempête dans une lumière de midi qu'aucune tempête au dehors ne saurait connaître. Un fracas digne des orages les plus noirs s'élève ici sous un soleil de plomb, diffracté depuis cent projecteurs colorés, pivotants, fous. Des grilles passent, les motifs s'accumulent dans des alphabets compliqués. Un soleil éclaté darde vers la foule, astre akkadien que nourrit une pile nucléaire. Des comètes foncent, messagères. Chaque parole chevauche un bruit d'enfer, un météore, elle part rebondir sur les parois de cet espace où nous nous tenons, cette unique et formidable boîte de Pandore, et ces boîtes innombrables qui font nos crânes. Signaux, fusées. Sirènes. Alarme et joie précipitées. Crépitements des diodes. Cheminées géantes au loin, soufflets de forge, atomes cassés, énergie brute. Circuit de refroidissement. Prières à l'envers.

Service de sécurité. Toute la mécanique du lieu fond et roule dans le désir commun d'en remontrer aux dieux pour ce qui est de la colère, de la puissance, du rire souverain et des plaisirs.

Les voix s'élèvent plus fort après chaque morceau, les sifflements nous plébiscitent. Je prends le meilleur de cette consécration, j'essaie de rendre à la hauteur de ce qu'on me donne. Dans l'éblouissement, on distingue les mains qui se dressent, raides de joie. Soudain, je pense à d'autres mains, plus souples, plus flegmatiques. Des anémones. Je pense à d'autres mains encore, celles arrachées des compagnons de Denis, qui marchent des heures vers le campement, morts-vivants. Je pense à mon frère comme à une main arrachée.

Fin du set – pas de rappel. Désolé de passer pour un connard sans considération : c'est que pendant une demi-heure, en coulisse, il m'est impossible d'articuler un seul mot. Aphasie face à une main arrachée, Christophe, ou son fantôme soudain venu me visiter. L'équipe de la salle de concert s'inquiète, Malika appelle un médecin. Je le fais renvoyer. Je sais ce qu'il me faut, et qui n'est pas de la médecine.

Le lendemain, on avait parlé de descendre vers la pointe du Raz, revoir la beauté stupéfiante de la baie des Trépassés pour fêter la fin de la tournée. Mais ni une ni deux, dès l'aube, je quitte Brest à bord du Qashqai, en route pour le Grand Est.

La cabane est ouverte, vide. Je vais à Borne blanche et prends bien soin de me garer dans le pré. On m'accueille avec la mine qu'il faut, on reconnaît le frère de Goku, mais personne ne réalise que j'arrive de Brest, c'est-à-dire de l'autre bout de la France – et encore moins que Brest braquait ses projecteurs sur moi hier soir. Non, ils sont trop occupés, désormais par tout autre chose qu'une battue ou une lettre ouverte aux gendarmes : les pelleteuses ont avancé, le squat de la Hutterie, une vieille ferme, a reçu des courriers d'huissiers qui veulent dire expulsion prochaine, le préfet veut presser le pas avant la trêve hivernale au 1er novembre. Léa vient me voir, tu veux un café ? Non merci. Je lui demande si elle sait où est Émeline. Aucune idée. Je retourne à la cabane. Toujours personne. Mais bien sûr, aujourd'hui c'est école, pile l'heure d'aller chercher la petite. En route pour La Neuvillette. Deux kilomètres plus loin, les voilà, du bonheur me remplit le ventre. J'arrive à leur hauteur, Lilia s'agite toute joyeuse sur le petit fauteuil attaché au porte-bagages du vélo, Émeline peine à me sourire. Toutes les deux ont les yeux cernés.

– Déjà de retour ?

– T'as peut-être pas eu mon message.

– Tu sais, ici, les messages…

– Oui, je m'en doutais, j'ai tenté le coup quand même.

Elle ne dit rien, essaie de sourire davantage mais on dirait que ça lui fait mal.

– Maman, je veux monter avec Maxime !

Émeline observe le Qashqai, ne répond pas.

– Je vous embarque toutes les deux si tu veux, on peut mettre le vélo dans le coffre.

Toujours pas de réponse. Le vent s'est levé. Elle finit par dire :

– C'est gentil, je te laisse la puce mais je vais rentrer à vélo. On se retrouve à la cabane ?

– OK.

Drôle d'accueil. Lilia s'installe confortablement à l'arrière.

– Ça s'est bien passé l'école ?

– Oui oui.

– Qu'est-ce que tu as fait ?

– Euh…

Elle réfléchit dur.

– Je sais plus. Ah si ! Lisou elle a perdu une dent.

– Lisou c'est ta copine ?

– Ben oui.

– Et t'as des copains aussi ?

– Oui, Jojo.

– Ta pieuvre ?

– Mais non, Jojo de l'école, c'est un garçon, il existe vraiment.

Un blanc. Elle reprend sur le ton de la confidence :

– Parce que l'autre Jojo je sais très bien qu'il existe même pas.

– Jojo ta pieuvre.

– C'est pas une pieuvre, c'est un poulpe.

– Ah oui, pardon.

La cabane n'est plus vide, et pourtant. Il y a du vide dans chaque geste d'Émeline, chaque respiration, chaque moment d'immobilité. Elle me tend un café, du vide au centre de la tasse. Elle fait un peu de vaisselle, du vide au centre de l'évier. Elle prononce quelques phrases, la ZAD, les pelleteuses, mes concerts ? Entre les mots du vide. C'est tout ce qu'elle a de Goku, tout ce qu'il lui laisse à ce jour. Elle s'en imprègne. Lilia se tient au bord des crevasses. Elle parle à ses jouets qui n'existent pas, qui lui répondent, obéissent ou se cabrent, elle les félicite, les réprimande. Sa vie est comblée à ces instants. D'une seconde à l'autre elle peut pleurer, protester contre la toilette ou le dîner, tout en s'appuyant sur ces moments qu'Émeline maintient stables, malgré tout. Sans tendresse manifeste, sans baisers de trop, sans effusions, mais avec un amour qui leur tient au corps à toutes les deux.

D'un coup j'y vois clair dans ses regards étranges, je me dis des mots qui flottaient dans l'air et que je ne voulais pas rendre nets. Face à l'absence totale de traces, ni corps, ni gant ni mouchoir, il y a un autre scénario : Goku n'est pas mort, il s'est barré. Il a bien essayé de sortir du marécage de soi et du monde : zadiste, père, DJ, et même bricoleur au côté d'une charpentière ; mais rien n'y a fait. C'était trop, trop quoi ? Trop glissant, trop amer, trop noir, je ne sais pas. Une version des faits très dure en elle-même, mais il y a pire encore : celle-ci n'est pas plus sûre que les autres. Il n'y a pas davantage de preuves à ce jour. Tout ce vide dans les yeux d'Émeline et autour d'elle a l'épaisseur des différentes histoires que nous devons continuer à raconter : Goku est mort, caché ou simplement introuvable ; Goku est parti, il a filé à l'anglaise, on ne sait où, vivre une autre vie, choisir sa mort peut-être. Il nous oblige à garder le temps ouvert, impossible de faire le deuil, de sortir les costumes noirs, de pleurer sur son cadavre nos cheveux couverts de cendres, de refermer une tombe.

Je me sens plombé. Qu'est-ce que je vais en faire, de ces histoires ? Je n'ai pas plus de pistes, le mystère est complet, opaque. Et pourtant, quelque chose me tient, qui m'a ramené depuis le Finistère jusqu'ici et me fait toujours frémir. J'ai pour moi la richesse de notre passé commun. Tout ce qui nous entoure, je peux l'interpréter avec une profondeur à laquelle personne d'autre ici ne peut prétendre accéder. Est-ce qu'il y aura une explication qui leur échappe à tous, que je suis le seul à pouvoir lire ? Tout en discutant avec Émeline, en jouant avec Lilia, je cherche des signes de mon frère autour de nous. Lorsque la petite est couchée, Émeline m'évoque la création d'une « commission Goku », un groupe dédié à sa recherche, constitué de proches et de membres de leur *legal team*, des juristes bénévoles qui donnent du temps pour la ZAD. Pour l'instant leur travail n'a rien donné, mais bon. Elle me propose d'y participer. J'accepte, intéressé, heureux qu'on ait pensé à moi, relancé dans mon espoir, et dans le même temps, je pense à autre chose. Je cherche des signes. Il y a cet ordinateur noir, sur le petit bureau face à la fenêtre. Et puis on me l'a dit, Émeline et les copains ont participé à la construction de cette cabane avec Christophe. Je scrute du sol au plafond en me demandant ce qui vient de lui en propre, ce qui pourrait garder sa signature, la marque de ses mains.

Un batteur ne peut jouer sans ses mains, et pourtant ce ne sont pas ses outils principaux. Bien sûr, il faut tenir des baguettes, des balais ou des mailloches, mais justement, les doigts disparaissent, contrairement au spectacle virtuose qu'ils donnent chez un pianiste ou un guitariste. Le plus gros travail vient des articulations, les poignets d'abord, mais aussi les chevilles sur les pédales, puis les coudes, les genoux, les épaules, les hanches. Le corps entier est mobilisé par ces points de relais. À sa batterie, Christophe avait gardé de sa formation classique une posture du haut du corps très droite, qui n'était pourtant jamais rigide. Il avait trouvé comment l'habiter tout en respiration et en puissance. Cela ne valait pas seulement lorsqu'il jouait de son instrument. À la scène comme à la ville, mon frère était vertical et rayonnant. J'enviais un peu cette disposition, moi qui pratiquais des instruments asymétriques, une main en haut et l'autre en bas sur la contrebasse, tout le poids sur l'épaule gauche à la basse électrique. Pour me dresser avec autant d'équilibre que lui dans la vie quotidienne, il me fallait y penser, rectifier régulièrement mes mauvaises habitudes de musicien. En revanche, mes mains dégageaient une impression de force et de travail. J'avais un peu honte des cals formés par le contact répété des énormes cordes, qui me rappelaient trop les mains de mon père ou de mes oncles, mais cela impressionnait les gens de mon âge, et ma poigne, surtout à gauche, me permettait d'ouvrir les pots de confiture ou de desserrer le bouchon du gaz sans effort.

On passait un temps infini à comparer nos corps, à se vanter des capacités qui nous distinguaient de l'autre : à se tirer la bourre. Gagner, cela nous obsédait toujours, sans comprendre tout à fait que dépourvus du corps de l'autre, on se serait sentis perdus. Pour mesurer qui j'étais au juste, il fallait sans cesse me mesurer à lui. Mes mains ont changé depuis cet âge. Aujourd'hui je joue surtout de la guitare, qui laisse bien moins de cals aux doigts. Les siennes aussi ont dû se transformer, sans doute plus profondément encore, avec tout ce qu'il lui a fallu empoigner d'outils, de matériaux, et puis la vie dehors, le froid, l'humide, le feu, et même le petit corps de Lilia qu'il faut chérir de mille façons. L'impossibilité de voir ses mains, de prendre la mesure de ce changement, me fauche comme une quille au bowling.

D'autant que Christophe est capable de violentes transformations physiques. Quand j'étais enfin retourné en Haute-Saône au début de l'aventure Naram Sin, j'avais été très frappé par sa posture. Il s'était voûté. Il m'avait rendu visite quelques fois à Paris pendant mes premières années au Conservatoire et cette évolution ne m'avait pas frappé. J'ai d'abord cru qu'elle signifiait un avachissement. Christophe avait arrêté la musique, son corps s'en ressentait, comme les sportifs de haut niveau qui prennent des kilos dès qu'ils se blessent. Au bout de quelques visites auprès de mes parents à Vesoul, j'ai peut-être mieux compris. Ils étaient en maison depuis deux ou trois ans, précocement vieillis, radotant déjà. On nommait encore peu les maladies de l'oubli. Ils me reconnaissaient, mais quelque chose d'affectif était rompu, j'étais bien Maxime, et pourtant cela leur faisait le même effet que de croiser le postier. Je me drapais dans une apparente absence de pitié, ils n'avaient que ce qu'ils méritaient, après toutes ces années à trimer pour la Peuge, sans viser autre chose qu'un grand soir qui s'éloignait à toute allure. Eux-mêmes se recroquevillaient physiquement, et j'avais tendance à croire que Christophe suivait cette pente comme pour vieillir avec eux. Je me trompais. Mes parents parlaient beaucoup, même en boucle, mais de moins en moins fort. Si Christophe se voûtait, c'est qu'il n'y avait pas d'autre posture possible pour les écouter. Il avait arrêté la musique, et pourtant il faisait plus que jamais fonctionner ses oreilles.

À ses dires, il ne s'agissait pas de sacrifice : cela lui apportait énormément de les accompagner. Je n'en croyais rien. J'étais en plein accomplissement artistique, c'était la seule voie qui me semblait valable, et il ne l'avait pas suivie. Vers la fin de mon séjour, il me raconta qu'au tournant de l'hiver, ma mère lui décrivait pour la centième fois le jour de son mariage, puis avait marqué une pause avant de déclarer le plus naturellement du monde « Tu sais, j'ai vu Mallarmé. » Il était resté stupéfait. Ma mère avait toujours apprécié de lire un peu, mais pas cette littérature. Et puis de là à *voir* Mallarmé ? « Mais tu l'as vu… Où ça ? » Elle avait vaguement montré le bout du couloir : « Oh, là-bas. » L'espace n'avait déjà plus beaucoup de sens pour elle. Ça n'était pas une question d'endroit.

J'étais reparti de Vesoul profondément ébranlé. Il m'avait fallu beaucoup de travail pour effacer ce trouble, redémarrer sur la voie royale de l'accomplissement personnel, oublier Alzheimer.

Le lendemain de mon retour sur la ZAD, je pars à la Martinval, chez Alex. C'est au sud-ouest de la zone. On passe des prés fumants, un bois clairsemé où de gros engins à chenilles sont très enfoncés dans la boue que les pluies récentes ont formée. Le ciel est bas, il est encore tôt, je me prépare à devoir attendre avant qu'ils ne s'y mettent, mais non : dès 8 h 30 un mardi d'octobre, cinq jeunes gens s'appliquent sous un préau à former des briques en terre crue.

Avec sa voix de crécelle, Alex m'accueille chaleureusement, me présente les autres, leurs tâches, la fermette en pleine rénovation. Le lieu est très effondré par endroits mais déjà bien rebâti à d'autres. Le jardin se révèle luxuriant, les habitants tirent le meilleur du climat humide, des arbres qui s'y plaisent depuis longtemps, des arbustes parfois laids mais appréciés des oiseaux, des zones d'ombre favorables à tel ou tel légume. Alex parle de permaculture, d'autonomie, de résilience ; je lui demande quand même comment ils s'alimentent en électricité, et il me répond, à la fois bravache et gêné, que comme la plupart des habitations de la ZAD, ils se sont branchés sur le réseau EDF sans rien demander à personne. Je persifle, « Mais c'est du nucléaire, ça ! » « Oui, l'éolienne, ce sera l'étape suivante, après les briques. » Dit-il vrai ? Je m'en fous un peu, ce lieu me touche de toute façon, un frémissement dans une branche, un drapeau qui flotte, délavé, au pignon d'une cabane à outils.

On revient au préau. Alex m'explique quelles étapes ils suivent pour produire les briques. L'argile vient du terrain d'à côté. La paille est fournie par Étienne. Mes yeux fouillent ce qu'on me montre. Face au séchoir où patientent les pains de terre produits depuis plusieurs semaines, je me tends, à l'arrêt comme une bête sur le point de bondir. Quelles briques sortent des mains de mon frère ? Au bout d'un certain temps, les explications d'Alex se tarissent, et pourtant je reste. Un silence. Christophe dans le hêtre, moi en bas. Même sèches, les briques ici étalées sont plus grandes que celle par laquelle il avait, un instant d'enfance, voulu me faire éclater la tête. Je me tourne vers Alex : « Est-ce que je peux vous aider ? »

Mélanger la terre, l'eau et la paille dans une vieille baignoire à l'aide d'un embout terminé en spirale qu'on fixe à une perceuse. Prendre de pleines poignées de cette boue fibreuse, la tasser dans une forme rectangulaire en bois. Quand le bloc est vraiment dense, frapper avec un maillet pour l'extraire du moule. C'est une brique. La poser sur une planche. Recommencer. Quand la planche est pleine, la déplacer précautionneusement vers le séchoir. Recommencer. Des dizaines de fois. Les gestes sont simples, on peut parler en même temps. De la ZAD, des pelleteuses, du nucléaire, de moteur à changer sur un tracteur, de Judith Butler et Julia Serano, ou du chénopode, une plante à la fois invasive et, disent-ils, très bonne en salade. Puis de la ZAD à nouveau, encore et encore. J'écoute. On me pose quelques questions sur mon métier, plutôt techniques, l'intermittence, le rapport au business. Ni compliment ni marque de timidité. Ce ne sont pas des fans, mais je suis quand même le bienvenu ici et je sens que c'est un privilège, même si le mot « privilège » les ferait sans doute bondir. À peine une ou deux allusions à Goku. On me demande des nouvelles de Lilia, d'Émeline. Je réponds de bonne grâce, un peu étonné d'être celui qui les renseigne. J'observe nos mains.

Elles sont pleines de terre. Ce contact est plutôt agréable. Quoique froide, l'argile est douce, je craignais des écorchures mais il n'y a presque pas de gravillons dans le mélange. La paille peut bien piquer sous l'ongle, couper très légèrement la paume ou la pulpe des doigts, c'est sans importance. Ma tournée est finie. Mon frère, introuvable. Difficile d'imaginer à quoi ses mains pouvaient ressembler quand il venait ici. Elles étaient recouvertes de cette croûte rouge, comme les nôtres, méconnaissables, peut-être vaguement plus grandes ou plus petites que celles des copains, mais la forme des ongles, le modelé des doigts, les sillons uniques des empreintes digitales, tout cela était occulté le temps du travail. C'est sans doute plus tard que les marques apparaissaient, une fois les mains lavées et utilisées à autre chose – la peau avait été un peu arrachée ici, fendue là par des engelures. Encore que, son cuir avait dû se durcir avant qu'il ne se mette à façonner des briques, avec son propre chantier, les mille gestes accomplis ici, et la vie dehors, tout simplement. Je me souviens des mains de mes oncles, les deux des six qui étaient maçons. On y voyait rarement des plaies, ou alors c'était grave, un mauvais geste avec une machine, un écrasement. Mais ils ne s'écorchaient pour ainsi dire plus, la peau était trop épaisse, les mains devenues dures et gonflées, comme des chairs piquées par un dard venimeux contenant l'agression à l'intérieur d'elles-mêmes, réduisant les traces de sang au point minuscule de la piqûre sans plus jamais se manifester par de grands épanchements rouges.

On n'avait pas voulu de ces mains-là, ni lui ni moi. Et voilà que sur ses traces, j'en suis à former des briques un matin du mois d'octobre. Ses mains n'ont pas dû, pour autant, prendre l'apparence de celles des oncles. Les parpaings ou le fer à béton usent autrement que l'argile, surtout quand on les manipule pendant quarante ans. Sa peau s'est tannée sans doute, mais au gré de gestes moins rudes et beaucoup plus variés. Un tannage peut-être nouveau : façonner, couper, ramasser, caresser, éplucher, réparer, taper, planter, lancer, danser comme une anémone, et tant d'autres choses que j'ignore.

Autour de moi la ZAD continue à parler d'elle-même par la bouche de ses occupants. C'est souvent intéressant, parfois un peu agaçant, mais je ne suis pas sûr de m'agacer pour de bonnes raisons, alors je me tais. Quoi qu'il en soit, dans ce flot de paroles, la ZAD est aussi en train de faire autre chose. Elle tanne des mains à sa façon.

Sophie a passé l'après-midi avec Lilia. Sur le sol de la cabane, plusieurs univers s'entrechoquent. Des gros Lego formant un début de château, une vingtaine de bouchons de liège sur lesquels ont été peints des vêtements et des sourires, deux puzzles inachevés, une ferme en bois (vaches, cochons, poules, chevaux, barrières), Jojo bien sûr, plusieurs dessins au feutre, toute la famille des écrevisses-pinces à linge maintenant mêlée aux feutres, car les feutres sont aussi des personnages. La plupart nagent à la surface du sac-poubelle bleu, mais l'un d'eux se tient sur la berge, planté dans un morceau de pâte à modeler, comme un maître-nageur, et je remarque à présent que deux d'entre eux gardent le château, de chaque côté du pont-levis, raides comme la justice. J'ai une idée.

– Tu pourrais faire des douves avec ton sac-poubelle.

– C'est quoi des douves ?

– Un fossé plein d'eau, pour protéger ton château des méchants.

– Y'a pas de méchants dans l'eau ?

– Euh, si, ça peut arriver, mais les méchants qui viennent de la terre, déjà tu es tranquille.

– Dans l'eau il peut y avoir des requins.

– Pas dans des douves, c'est trop petit.

– Les requins ?

– Non, les douves.

– Et des petits requins ?

– Il n'y en a pas dans des douves.

– Pourquoi ?

– Parce que même les petits, en général ils vivent dans l'eau salée.

– Et les douves, c'est sucré ?

– Non, c'est de l'eau douce. En tout cas, elle n'est pas salée.

– Mais si les méchants de la terre mettaient du sel dedans pour faire venir les requins ?

– Laisse tomber les douves.

Sophie rit de me voir découragé. Je ne le prends pas mal. L'après-midi a dû être longue. Je n'abandonne pas tout à fait :

– Par contre, si les méchants sucraient l'eau, il y aurait des caries au château.

Sophie s'en mêle.

– Ah mais il y a une arme très bien contre ça.

Lilia récite fièrement :

– La brosse à dents.

– Non.

– Ah bon ? Quoi alors ?

– La brosse à douves.

Lilia la regarde longtemps, sourcils froncés.

– Ça existe même pas.

Elle scrute nos visages amusés, outrée que des adultes puissent lui mentir sur l'existence des choses. Puis elle reprend l'un des deux puzzles, soudain toute joyeuse, s'adressant à voix basse à des personnages invisibles, comme si le coup des douves n'avait jamais eu lieu. Je regarde Sophie. Elle s'est rasé les cheveux sur les côtés et dans la nuque. Ça lui va bien. Elle me sourit.

– T'es plus « caca monsieur », on dirait.

– Ah non, on est copains maintenant, avec Lilia.

– Et tes concerts ? T'es revenu vite.

– Émeline craignait pour ta santé, à te laisser passer tant d'heures seule avec sa fille.

Elle rit, puis ajoute :

– Gratuitement, en plus.

– Oui, vous développez de nouvelles formes d'esclavage, sur la ZAD. La nounou gratuite.

– Et consentante !

– Et consentante…

Pause. Elle reprend.

– Alors, t'es allé à la Martinval ?

– Tout se sait, dis donc.

– Ben quand j'ai vu que t'étais pas là pour faire la nounou gratuite, j'ai demandé des explications à Émeline.

– Il faut un mot du médecin en cas d'absence ?

– Juste le certificat du nombre de briques produites dans la journée.

– Trop, ça irait comme nombre ?

– D'habitude, les esclaves se plaignent pas.

– Ils consentent.

– Voilà.

On continue comme ça cinq minutes, c'est bon de se sentir proches par autre chose qu'un absent en commun. Je finis par dire plus sérieusement que l'accueil d'Alex m'a touché, qu'il a du cœur, qu'il vit dans un bel endroit où j'ai cru sentir des traces de mon frère. J'ai détourné le regard. Quand mes yeux retrouvent ceux de Sophie, elle sourit toujours, mais je vois bien que quelque chose est cassé.

– Pourquoi tu dis « il » ?

– Pardon ?

– Pour Alex, pourquoi tu dis « il » ?

– Euh… Je sais pas. C'est peut-être la barbe. Il vaut mieux dire « elle » ?

– Pas forcément.

– Quoi, alors ?

– Ça a l'air de rien ces petits mots, un « e » par ci, un « i » par-là, un ou deux « l », alors qu'est-ce qu'on s'en fout ? On s'en fout qu'en vrai, « il » et « elle », c'est des cages à lapins !

– Mais il faut bien qu'on se parle… Qu'est-ce que je dois dire pour parler d'Alex ?

– Trouve un truc ! C'est toi l'artiste, non ?

Émeline arrive, fêtée par sa fille. La discussion est balayée, les nouvelles ne sont pas bonnes, on parle d'évacuation très prochaine de la Hutterie, j'essaie une ou deux blagues encore, ça tombe à plat, Sophie reste à trois kilomètres. Au moment de partir, elle me dit juste « À plus », toute la froideur d'un groupe sanguin, mais quoi, on vient de partager un vrai moment quand même, et mes confidences alors, c'est *peanuts* ? Il y a deux jours j'embarquais des foules entières et puis là pour un mot, deux lettres, on me donnerait congé ? Elle embrasse Émeline, ajoute « À plus », je suis soulagé, si elle dit la même chose à son amie je ne dois pas le prendre mal, je ne demande pas d'égards particuliers mais quand même « À bientôt » ça t'arracherait la gueule ? C'est quand même pas un caprice de star, ça, non ? Si ? Bon eh ben « À plus », alors.

Le lendemain, je retourne mettre les mains dans la terre et la paille, tasser, démouler, faire sécher, sans relâche. À midi, je me sens comme légèrement au-dessus du sol, grisé par les gestes mille fois répétés dans l'air du dehors, certain quant à Christophe d'être sur une piste menant à la vérité. Je vois bien que je m'éloigne progressivement des autres dans cette sorte d'hypnose, alors qu'ils se tendent chaque heure davantage, alarmés par les rumeurs concernant la Hutterie. Dans la matinée, des fourgons de la gendarmerie mobile se sont regroupés à Saint-Pierre. L'après-midi, le chantier briques est annulé. Tous les résidents partent pour la Hutterie : vieux vélos, bâtons durcis au feu, couvercles de poubelles en guise de boucliers, raquettes de tennis pour renvoyer les lacrymos d'où elles viennent. Drôle d'attelage épique. Sportifs zombies. On ne m'interroge pas sur ce que je compte faire. Il y a quelques jours, la foule m'acclamait : me voilà seul devant une baignoire de boue, inquiet, mécontent de tout et d'abord de moi-même, incapable de décider quoi faire.

Aucune envie d'aller en découdre avec les robocops. Je pourrais trouver les meilleurs arguments du monde, il y a d'abord la peur : mes mains, ma belle gueule de chanteur, mes dents face aux matraques. Ils font chier, aussi, Alex et tous les autres avec leur mystique de la lutte, comme si la vie devait impérativement en passer par là pour prendre sens, il y a quand même d'autres manières de s'accomplir, et même d'être de gauche ! Mais c'est ici que Christophe est venu vivre, loin de la musique, aussi bien dans la lutte que dans la terre et la paille. C'est dans la lutte qu'il a disparu, il faudrait quand même regarder ça en face. Est-ce que je comptais le voir surgir de la baignoire de boue, tout entier révélé ? Ou bien quoi d'autre, sa main en négatif sur une brique, comme aux parois des grottes, un pochoir parfait où venir poser ma main à moi, *bassbatterie* à nouveau, oh l'exquis symbole ? La ZAD n'est pas exquise. Pour le jardin des délices, on repassera, rendez-vous après l'effondrement du capitalisme. Et en attendant ? En attendant, je monte dans le Qashqai, direction la Hutterie, la peur au ventre, et la honte avec.

Je vois à peu près où ça se trouve, et puis à mesure, le nombre croissant de piétons et de cyclistes tous tournés vers la même destination m'aident à m'orienter. Beaucoup semblent déjà prêts au contact, capuches rabattues, foulards, regards tendus. Certains flânent presque, plaisantant côte à côte sur leurs vieux vélos. Étrange. J'hésite à les doubler sur les petites routes, un peu gauche dans mon SUV trop massif. Je ne suis pourtant pas le seul à venir en voiture : une longue file de véhicules garés sur le bas-côté signale même que le but est proche. Je les imite d'un créneau, un peu inquiet de glisser ma roue arrière dans le fossé. Une fois piéton, je suis impressionné de longer si longtemps toutes ces bagnoles, dont beaucoup portent l'autocollant A.C.I.O.P.E, du renfort venu de l'extérieur, parfois même de loin, au moins dix véhicules immatriculés dans d'autres départements. On entend maintenant de puissants bruits de moteurs, des cris, et même des applaudissements. Une fille qui marche devant moi dit « Ça, c'est pour la Grande Muraille. » J'imagine la plaine chinoise, quelque chose d'immense et de bâti, des briques à perte de vue. Au détour d'un talus, on contourne un impressionnant tas de pneus et de palettes qui condamne l'entrée aux véhicules, la Hutterie apparaît d'un coup. J'imaginais bien mal.

On dirait que les gendarmes ne sont pas encore arrivés. Les moteurs sont ceux des derniers tracteurs venus s'enchaîner tout autour de la ferme. Pour cerner la vaste maison et les hangars attenants, il en faut peut-être quarante. Voilà la muraille : un anneau colossal de métal, de verre et de pneus. Quel peut être le poids de l'ensemble ? Quelles forces de l'ordre pourraient passer une telle barrière, ou la détruire ? Il faut encore quelques tracteurs pour boucler la boucle, l'un d'eux est justement en train de s'agglutiner au reste, sous les yeux de toute une petite foule venue prêter main-forte, soudain arrêtée par la manœuvre délicate. Au pied de la roue arrière, un agriculteur en tenue de travail grise et rouge, à double fermeture éclair, indique la distance restante au pilote. Ce pilote, c'est Alex. Alex en jupette et collants, barbe au vent, qui effectue avec beaucoup d'aisance une marche arrière sur un énorme engin agricole, suivant les indications d'un agriculteur qui est sans doute le propriétaire de ce monstre. J'ai un moment de vertige.

Comme dans les jeux de Lilia, voici que les mondes s'entrechoquent. C'est presque humiliant de se sentir bousculé dans ses évidences d'artiste de gauche, évidemment ouvert, ayant tout vu des expériences de vie et des rencontres de cultures. Eh bien non, le trans, l'agriculteur et le tracteur, c'est une première. Mais l'heure n'est pas à l'introspection. Alex manœuvre au centimètre et glisse l'arrière de son véhicule tout contre le nez du tracteur suivant. Au moment du léger contact, il mime un baiser. Longs applaudissements, dizaines de rires francs.

Encore trois manœuvres et l'enclos se referme, avec un vieux modèle de tracteur sans cabine qui semble presque petit au regard des autres. Nouveaux applaudissements, plus longs, plus fiers. La boucle est bouclée, solidaire. Je sens des larmes monter sans prévenir. Devant moi, quelqu'un se retourne : Alex encore, revenu dans la foule. « Eh, sèche tes pleurs, cowboy ! Ça pourrait servir… »

Et puis il ne se passe plus grand-chose. On attend. Les plaisanteries fusent, ce qui me semble d'abord bizarre, et puis pas tant que ça. Pour ma part, j'ai bien du mal à faire des blagues, et même à rire à celles des autres. Je raconte malgré tout ma rêverie chinoise en entendant parler de Grande Muraille. Alex rigole :

– Ah oui on devrait peut-être appeler des copains chinois pour avoir des conseils.

Sa voisine reprend :

– Hm, si tu dis que c'est pour lutter contre l'État central tu vas pas avoir grand monde au bout du fil…

– Peut-être voir plus directement avec les copains de Hong Kong ?

– Une muraille en parapluies ? Ce serait peut-être un peu trop léger pour…

D'un coup retentit une série d'explosions, je me courbe par réflexe et cherche un abri des yeux, les copains se redressent au contraire, mains en visière. Des mouvements de foule, certains vers la source du fracas, d'autres en arrière.

– Ça y est, y déboulent. Par la Tombois, non ?

– Plutôt au carrefour de Saint-Flo, regarde la lacrymo qui monte.

– T'as raison. Y doivent galérer avec la barricade et tenter l'enfumage.

– On y va ?

– Y'a déjà du monde là-bas, faut pas trop vider ici.

– On peut aller voir et revenir vite. En vélo c'est pas loin.

– OK.

« OK » ? Si vous voulez, mais très peu pour moi. Les explosions se multiplient, je tremble comme une feuille. D'ailleurs c'est tout ce que je voudrais être, une feuille, bien verte, bien anonyme, planquée dans la masse, impossible à voir, à isoler, à interpeller. Sans réfléchir, je m'éloigne de la ferme en direction des broussailles les plus proches. La honte me gagne, mais c'est plus fort que moi.

Voilà un recoin dans un roncier. Avec les trous entre les feuilles et quelques coups d'œil sur le côté, j'arrive à peu près à voir ce qui se passe. Dans un certain calme, la foule s'emploie à refermer l'accès arrière au domaine, un coin très encombré où sont entreposées d'anciennes machines agricoles et une carcasse de Clio grise. C'est par là que les tracteurs ont dû arriver puisque l'autre accès est bouché par la barricade de pneus et de palettes. Deux gros tas de bric-à-brac ont déjà sérieusement réduit l'écart entre les talus du fond, mais voilà que trente ou quarante personnes y ajoutent des caddies, des gouttières, beaucoup de bois, une machine à laver, un barbecue bricolé dans un demi-tonneau. Les barricadiers marquent une pause, je sens comme de l'insatisfaction, et après quelques gestes, des commentaires, voilà que dix personnes déplacent la carcasse de la Clio jusqu'au milieu de la barricade, avec une aisance stupéfiante. À mesure, la plupart des gens s'équipent de masques à gaz, qui rendent les discussions plus sourdes et caverneuses, les silhouettes inquiétantes, maintenant ornées de ces groins guerriers. À présent, les deux accès sont donc condamnés. Alors on patiente. Je ne sais pas combien de temps au juste, tout est dilaté, pesant. Le fracas au loin s'amplifie, comme s'il venait maintenant de différents points éloignés les uns des autres. Le fermier qui porte régulièrement un talkie-walkie à sa bouche fronce les sourcils de plus en plus fort. Je suis bien caché mais rester debout devient pénible, et je ne me résous pas à m'asseoir dans les herbes humides. J'ôte mon blouson, l'étale au sol et y pose les fesses, un peu de répit et puis voilà que je me caille. Je renfile le blouson : il dégouline lentement sur mon pantalon, bientôt trempé. Ça devient ridicule. Qu'est-ce qui me prend de vouloir jouer les maquisards ? Je suis un chanteur connu, pas un résistant de l'ombre. J'ai choisi de vivre au Sud, c'est pas pour me retrouver le froc en eau, là au fin fond de la Meurthe-et-Moselle. Mon courage est ailleurs. Je vais me casser. Un disparu c'est toxique, ça vous obsède jour et nuit, je voulais essayer de m'approcher de toi, de te rejoindre dans ton désert, et tout se creuse au contraire. Je bute sur ta vie de merde, sur ton immense faculté à passer à côté de toi-même en t'oubliant dans la lutte, dans la boue des autres, sur ton immense talent pour repousser le moment de dire « j'ai le droit au plaisir » jusqu'au stade impossible où le cosmos entier sera devenu pur et bon. Le Qashqai est à quelques dizaines de mètres. Une marche arrière et je pars pour le Sud, et toi et tes potes, vous irez au diable.

On entend soudain sortir d'un mégaphone « Messieurs-dames, nous allons vous demander d'évacuer les tracteurs. » Ils sont là, je creuse les épaules, et si je pouvais rentrer sous terre, je le ferais sur-le-champ. Quelqu'un répond « On a perdu les clefs ! » Une partie de la foule masquée se replie dans la ferme ; d'autres au contraire s'approchent lentement des barricades, certains tirant de lourds sacs avec eux, dans un bruit de verre. Deux petites pelleteuses des forces de l'ordre s'attaquent aux amoncellements intriqués, qui se révèlent très coriaces. Des voix s'élèvent. « Vous y arriverez pas ! » « Balancez les lacrymos, on est prêts ! » Et ça ne rate pas : le mégaphone annonce des sommations, une, deux, trois, et les grenades fusent. C'est un déclic : en retour, les individus postés aux barricades puisent dans leurs sacs des bouteilles vides qu'ils balancent par-dessus bord avec acharnement. Je n'ai jamais tant voulu disparaître. D'autant que moi, je n'ai pas de masque. Ça donne quoi, leur poivre, sur des poumons de chanteur ? Pourquoi je n'ai pas posé la question plus tôt ? Il y a des tracts partout sur le sujet, que je n'ai pas pris le temps de lire, et n'importe qui aurait été ravi de m'informer ; mais non, il fallait façonner des briques, faire mine de se transformer en oncle, dormir face au ciel. Quel con. Heureusement, pour l'instant le vent emporte les fumées loin de moi, mais jusqu'à quand ? Les gendarmes ne peuvent qu'essayer d'enfumer les opposants qui ont efficacement bloqué la zone. Ces opposants sont presque tous équipés de masques à gaz. Ça risque d'être long, et le vent aura tout le loisir de changer d'orientation ; par exemple vers ma gueule.

Une sorte de blindé à profil de requin s'approche de la barricade arrière, je vois distinctement un canon dépasser du tas d'encombrants, mon sang se glace. Un blindé ? Un canon ? On entend un bruit de pressurisation, un long trait d'eau va s'écraser sur les tracteurs. Je souffle, j'ai déjà vu ce genre d'équipement dans des reportages, même si la force du jet est impressionnante c'est dissuasif, on n'en est pas encore à se tirer dessus. Les tracteurs ne bronchent pas sous l'effet de cette douche. Une voix monte : « Merci les gars, il était tout sale, le mien. » Dans son vêtement de travail, je reconnais l'agriculteur dont Alex a garé le tracteur tout à l'heure.

Est-ce par vexation ? Les tirs de grenades redoublent. Même loin de moi, les fumées commencent à me piquer la gorge. Les barricadiers deviennent flous. En quelques minutes, ça tourne au déluge. Alors de la ferme, une fenêtre s'ouvre et une femme, au mégaphone, chante :

Rappelle-toi Barbara
Il pleuvait sans cesse sur Brest ce jour-là
Et tu marchais souriante
Épanouie, ravie, ruisselante
Sous la pluie.

Elle n'est pas seule. On entend une trompette, des saxophones, un accordéon, une batterie. C'est surréaliste. Dans les gaz qui s'épaississent, quelqu'un entonne Prévert, tousse un peu, puis reprend. Depuis ma planque de gros lâche, je voudrais rire et chialer du même élan. « *Rappelle-toi, Barbara / N'oublie pas…* » Tout se suspend, les silhouettes, l'assaut, ma lâcheté même. Il n'y a que cette voix triste et tellement salutaire, et le léger vent qui déplace les rideaux de gaz, cachant puis révélant le profil d'un copain ou d'un autre. Il y a ce profil que je n'avais pas vu, là devant l'épave de Clio, assis, large, d'entre la brume blanche on devine les cheveux noirs, en pétard, ta silhouette exactement *brother*, de quoi ? t'es… t'es venu rendre une petite visite à tes copains un jour de galère ? Je fais quoi, je sors de ma planque, je fonce, vers toi et t'enlace et, non, je fatigue, gros coup de pompe, trop d'émotions, trop de nuits de merde à cause de toi, espèce de…

– Ils attaquent la Martinval ! La Martinval putain ! À l'aide !

Alex a surgi de la brume et hurle à travers un masque de fortune. Quoi ? Mais non ! Il faut que l'huissier, il y a des droits bordel ! Dans le bruit et la confusion la voix d'Alex passe difficilement, la chanteuse continue, « *Ce n'est même plus l'orage / De fer d'acier de sang* », malgré tout certaines personnes comprennent vite au pied des barricades, rassemblent sacs, raquettes, gourdins et boucliers et se mettent en marche, le pas pressé, vers les vélos et la Martinval, de plus en plus à mesure que la nouvelle est relayée, la voix continue au mégaphone « *Et celui qui te serrait dans ses bras / Amoureusement / Est-il mort disparu ou bien encore vivant* », oh ces mots me transpercent comme des flèches, ils sont nombreux maintenant à sortir de la ferme elle-même, s'embarquant vers la Martinval en contournant les barricades, en s'inventant des chemins dans les broussailles comme la mienne, on va me trouver c'est sûr, ils en ont du courage et je suis une lavette, c'est la Martinval qui est attaquée, les mains de Christophe dans des pavés de terre crue, est-ce que je décide ? Est-ce qu'on m'emporte ? Ça se soulève, tout est flou et blanc et poivré, me voilà en direction de la Martinval, sur un porte-bagages qui me cisaille le cul, la fille pédale comme une dératée, elle est taillée comme une bûcheronne, elle mange la route, des virages à se péter la gueule, on est combien comme ça, dans les roues les uns des autres ? Et c'est quoi cette fumée ? C'est pas des lacrymos, là, c'est noir, et des flammes jusqu'aux arbres, un enfer, Alex par terre, tiraillé par trois gendarmes, hurlant, chialant, écumant, la Martinval brûle, voilà, on y est : au diable.

À trois contre un, non mais on est où, là ?! et Christophe ils étaient à trois contre un aussi ? Une pulsion me traverse, je vais pour m'élancer quand quelque chose m'encorne par la gauche et répand une douleur insupportable dans tout mon corps, comme le venin d'une énorme guêpe. Au sol, hurlant, je vois jaillir un éclair noir des buissons. Deux personnes encapuchonnées et masquées se jettent sur les trois gendarmes à coups de barres à mine, avec une énergie et une virtuosité stupéfiantes. L'un des deux est râblé, l'autre beaucoup plus grand et maigre, mais large d'épaules – Kyllian. Les gendarmes pris par surprise ne peuvent que se protéger maladroitement derrière leurs boucliers transparents. Les mouvements des barres à mine sont si rapides qu'ils laissent des traînées dans mon regard, mais peut-être que j'hallucine. L'attaque est trop forte, trop imprévue, et même meurtri, je reste assez lucide pour voir ça : assaillis par deux acharnés, trois gendarmes suréquipés *reculent*. En se repliant de quelques mètres à peine, les robocops ont lâché Alex, il se lève comme un ressort et s'enfuit dans les broussailles. Quatre ou cinq gendarmes supplémentaires ont tout vu et se ruent sur les deux attaquants, qui résistent un moment, comme par jeu, désireux de mordre encore un peu dans le gâteau tout en prenant bien garde de n'offrir aucune prise à leurs adversaires. Bientôt, l'un des GM dégaine autre chose qu'une matraque : comme un bazooka miniature, noir corbeau. Les deux attaquants dressent immédiatement leurs boucliers et disparaissent à reculons, comme ils étaient arrivés : deux boules de foudre.

Ma sortie est moins glorieuse. Je me traîne jusque dans les buissons, en retenant des cris.

Il est minuit à Borne blanche, et ça n'est pas exactement le Grand Soir. La plupart des gendarmes mobiles sont déjà repartis, les derniers camions se contentant de patrouiller pour montrer qu'ils tiennent le terrain ou de déblayer ce qui reste des barricades.

Kyllian est formel : je me suis pris un tir de Flash-Ball. Le petit bazooka noir, c'était ça. Rien de grave, j'en suis quitte pour un gros bleu à la fesse, mais ça fait mal, et le coup au moral est bien plus fort. Maxime Lombard, chanteur connu sous le pseudo de Naram Sin, découvre la vie hors des salles de spectacle : si on proteste, on peut se prendre du caoutchouc dur. Dans la fesse, ou ailleurs. Est-ce qu'ils avaient des Flash-Ball, le soir où Christophe a disparu ?

Pour beaucoup d'habitants sur la zone, la défaite est d'abord une humiliation. La Hutterie n'a pas été touchée, mais c'est quatre lieux qui ont été détruits, la Martinval par le feu, et trois autres sous l'assaut des pelleteuses. Denis fulmine :

– Je vous l'avais dit ! C'est de la stratégie de base ! Ils ont focalisé toute votre attention sur un point pour en frapper plusieurs autres ! Hors de la Hutterie, il restait combien de tracteurs ? Deux et demi ? À la Martinval on était maximum dix contre un peloton entier, avant que vous arriviez comme la cavalerie quand tout cramait déjà ! À l'heure qu'il est y doivent bien se marrer, les GM, dans le bus qui les ramène chez eux, ils doivent les trouver joliment naïfs les zadistes, et si ça se trouve, ils finiront même la nuit dans leurs lits douillets !

Thomas, le voisin de Sophie prend la parole.

– Denis, on vient de se prendre une dérouillée, on n'a pas été malins peut-être, mais c'est pas la peine de nous accabler en plus. On a voté, la majorité est allée à ceux qui pensaient que les GM fonceraient jamais dans le tas sans envoyer d'abord les courriers légaux d'huissiers…

Le copain râblé de Kyllian se marre :

– Parce que t'es légal, toi, peut-être ?

Des rires épars, cinq anémones.

– Dimi, on a voté, t'avais qu'à venir.

Dix anémones. Dimi lève les yeux au ciel. Denis reprend.

– Vote ou pas vote, vous savez très bien que l'État est capable de passer en force ! Il fallait préparer plusieurs scénarios, pas un seul !

– Mais leur police interne, elle va pas laisser faire ça sans réagir ?

– L'IGGN ? Et quand bien même ! Le jugement tombera dans deux ou trois ans et les galeries auront bien avancé sous nos pieds d'ici là !

Dimi rajoute :

– Même le GM qui a buté Rémi Fraisse, il a eu un non-lieu. Alors ici où y'a même pas eu de mort, t'imagines…

– Tu mélanges tout.

– Ben je sais pas, c'est vous qui parlez de droit…

– Rémi, c'était pas prémédité par toute la hiérarchie. Là, les gendarmes ont été envoyés sciemment par la préfecture, sans la démarche légale.

– Rémi, tu crois encore que c'était pas prémédité, toi.

– Ben ouais, je suis pas un complotiste débile.

Dimi se lève. Dans trois secondes, ces deux-là pourraient bien se foutre sur la gueule, et je ne donne pas cher de Thomas. Des voix montent, des appels au calme. Étienne se lève à son tour.

– Bon, ça part en couille, on ferait peut-être mieux d'aller dormir et de se revoir demain pour décider de la suite. Moi en tout cas, je suis naze.

Vingt anémones. La réunion fait mine de durer encore un peu, mais s'égaille bien vite en une série de discussions particulières. Dimi s'est rassis et plaisante comme s'il ne s'était rien passé. Je demande à Léa où se trouve Alex : elle pointe le doigt vers l'étage, « Au dortoir ». Je n'ose pas aller lui rendre visite.

On débouche enfin des bouteilles pour conclure cette journée interminable sur un peu de convivialité, une soupe attend, quelques sourires reviennent mais la fatigue est bien là, et le découragement. Seul Kyllian garde son rictus habituel, et même une étincelle particulière dans le regard.

Le lendemain matin, Émeline insiste pour me photographier la fesse. Je refuse un bon quart d'heure, elle insiste : c'est pour informer et dénoncer, bien sûr que ça restera anonyme, n'aie pas peur pour ta carrière, play-boy, tu sais quoi, dans la lutte, ils sont pas nombreux ceux qui se font une belle gueule de martyr, mieux vaut être prêt à se faire photographier la fesse. N'est pas Che Guevara qui veut.

Je finis par accepter. Me voilà allongé sur le sofa de la cabane, le cul à l'air. Pendant qu'elle officie, je lui demande d'une voix blanche si les GM étaient équipés de Flash-Ball le soir où Christophe a disparu. Concentrée sur ma fesse, elle ne lève même pas les yeux.

– Bien sûr qu'ils en avaient, mais si Goku s'était pris une balle dans la tempe, on aurait retrouvé le corps.

Un blanc.

Quand je me relève, elle fait défiler les photos sur son écran, apparemment sans émotion.

Nous partons récupérer le Qashqai. Je claudique, il est là, intact dans la file des voitures devenue très clairsemée. Hier vers 10 heures, en voyant la tournure que prenaient les événements, Émeline a contacté Henri et Christine, le couple de retraités membres de l'A.C.I.O.P.E, qui sont venus chercher Lilia à la cabane et l'ont emmenée chez eux, hors zone, hors lacrymos, hors tout. En traversant la ZAD, les débris de barricades, les innombrables capsules de grenades ou les pneus encore fumants m'évoquent une atmosphère de guerre civile que j'épargnerais à une enfant, mais Émeline trouve correct d'aller récupérer sa fille. Éreintée par la journée d'hier – elle a longuement défendu l'un des trois lieux emportés par les pelleteuses –, Émeline n'a pas l'air exactement en forme, mais avoue que la fatigue lui a offert sa première nuit d'une traite depuis la disparition de Goku. Sur la route conduisant chez Christine et Henri, la colère lui donne une verve noire qui tranche presque agréablement avec la prostration des derniers jours.

– Dimi, Thomas et les autres, ils me saoulent à tout le temps se friter la gueule entre bourgeois et galériens... Hier il était pas du tout là le problème et moi j'ai autre chose à foutre que de perdre mon énergie pour rien !

– Les bourgeois et les galériens ?

– T'as pas vu le tract ?

– Non.

– Kyllian, Dimi et leurs potes, ils sont pas là depuis très longtemps, en gros un an et demi. Au début, sur la ZAD, à part les paysans nés ici, il y avait surtout des étudiants en rupture de ban. Pas mal de gens plutôt venus des classes moyennes, qui se retrouvaient plus du tout dans l'idéal de leurs familles et de la société capitaliste, et qui venaient tenter autre chose. Comme Thomas, Goku ou moi.

– Goku, il vient pas de la classe moyenne. On est des enfants de prolos.

– Oui, mais vous avez étudié la musique, vous avez le bac, vous avez jamais vécu sous les ponts. C'est très différent de Kyllian, Dimi, Kraken et les autres. Eux, ils ont bien galéré, ils ont connu la rue, certains ont des casiers, etc. Ils arrivent ici, on leur dit OK installez-vous, qu'est-ce que tu voulais qu'on dise, et là on se rend compte assez vite qu'ils ne *veulent pas* tenter autre chose. Ils veulent juste faire la même chose qu'en ville – pour aller vite : picoler et se défoncer – mais tranquilles, loin des flics. Et nous, on fait quoi ? On leur dit de dégager ? On les vire de la ZAD, comme les gendarmes veulent nous virer nous ? Impossible. On se retrouve avec des grosses larves qu'on ne voit jamais aux AG ou dans les comités, et quand on les voit, on doit se taper leurs blagues ou leurs insultes sexistes, voire leur drague lourde, alors qu'on avait construit un lieu antiviriliste qui permettait plein de bricolages de genres. Donc on se frite, on leur explique qu'un trans ça se respecte, que dans une réunion « meufs » non-mixte eh ben y'a que des meufs, qu'on aimerait bien les voir aux AG et qu'avec le terrain qu'ils ont ils pourraient lancer un super projet en permaculture, et là, ils nous demandent qui on est pour leur faire la morale. Eux ils ont la réponse : on est juste des bourgeois qui peuvent rentrer chez papa et maman s'il fait trop froid, qui parlent d'hospitalité toutes les deux minutes mais qui trouvent quand même que la permaculture c'est mieux que la défonce, qui accueillent les trans à bras ouverts, mais pas les galériens qui sont à la rue depuis leurs douze ans avec un tube de mauvaise colle à sniffer en guise de famille. Bref, on se prend une grosse baffe. On discute des jours et des jours entre nous et avec eux, et on sort un tract qui s'appelle « Les bourgeois et les galériens ». Juste une manière de prendre acte des différences, même violentes, et de se demander ce qu'on peut faire ensemble. En fait la réponse arrive assez vite parce qu'on est juste avant la trêve hivernale, les GM lancent la première tentative d'expulsion. On avait déjà une bonne bande d'énervés parmi nous, pas effrayés par le contact et capables d'adapter des techniques de combat de rue à la ZAD. Mais là, Kyllian et les autres, ils nous scotchent. Plus question de larves : ils sont tous sur les barricades, du matin au soir, bec et ongles. Déterminés, infatigables, et même tu sais quoi : organisés.

– Oui, j'ai vu ça à la Martinval. Impressionnant.

– Bref, on a bien compris ce qu'on avait à faire ensemble : essayer de tenir la ZAD. Et depuis, tout le monde a mis de l'eau dans son vin. Il n'y a plus de frontière nette entre eux et nous, ni côté drogues, ni côté jardin, ni côté violence, nulle part. Alors c'est pour ça, ils font chier à se faire la guéguerre comme avant, alors qu'on sait très bien comment fonctionner ensemble. Hier, le problème était pas entre bourgeois et galériens.

– Il était où, alors ?

– Mais avec les paysans !

– Les paysans ? J'ai vu des scènes de solidarité incroyables…

– C'est sûr, on est historiquement liés, on est venus apporter un putain d'air frais à tous ceux qui luttaient depuis des années parce que leurs fermes étaient là depuis deux cents ans et que l'État avait décidé qu'on allait quand même y enfouir les poubelles nucléaires. On a créé des amitiés très profondes, c'est des gens bien, assez attachés à leurs lieux et à leur métier pour refuser les prix de rachat incroyablement élevés avancés par l'État, même s'ils nous regardaient quand même un peu comme des sauvages, quand on est arrivés.

– Les vieux peut-être mais pas les gens comme Étienne, rassure-moi.

– Ben Étienne, il a beau jeu de faire le mec cool qui termine les réunions quand ça tourne mal en appelant au calme, mais la Hutterie, tu crois que ça appartient à quelle famille ?

Je tombe des nues.

– À la sienne ?

– Bingo, et depuis Mathusalem. Ses oncles et lui étaient OK pour que ce soit squatté parce qu'ils sont hospitaliers, et aussi parce que ça les arrange bien que des petits jeunes entretiennent le lieu. Jusque-là c'est gagnant-gagnant, pas de problème. Mais quand il y a une AG pour décider si on met tous les tracteurs à la Hutterie ou si on imagine d'assurer les arrières, on n'a jamais vu autant de paysans dans l'assemblée, et ils votent quoi, à ton avis ? Ils votent « tous à la Hutterie ». C'est pas méchant, c'est même pas rusé ou je sais pas quel cliché du cul-terreux égoïste, c'est juste… Des habitudes. Ils défendent une ferme avant les yourtes ou les cabanes. Et ça, ils le savent très bien, à la préfecture ! Ils la connaissent, la technique des tracteurs ! Ils nous ont banané avec cette histoire d'huissiers… Après, ça nous empêchera pas de continuer à lutter ensemble, avec les paysans. On garde le même ennemi…

– Et le jour où il n'y a plus d'ennemi ? Si vous gagnez, tu crois que ça partira en couille ?

– J'en sais rien. Il y a un comité qui bosse là-dessus, préparer l'après-victoire, une envie commune pour le lieu, et pas juste un refus commun. Moi j'en suis pas là. J'ai une gosse en bas âge et un mec aux abonnés absents, alors ça va bien pour le moment.

Un blanc. Je ne sais pas quoi ajouter : je suis séché. Des tirades comme ça, il n'y a que des taiseux pour en faire. Rien pendant des jours, et d'un coup, tout. Elle reprend. Les yeux droit devant elle. La voix blanche.

– Goku, il s'est barré une fois.

– Quoi, barré ?

– Il est parti. Trois jours, je sais pas où.

– Et… Quand ça ?

– Pour le premier anniversaire de Lilia. Devenir père – je suis pas dans vos histoires de famille – bon, bref, ça lui a fait drôle. Mais voilà, à la naissance il s'est accroché, je crois qu'il y tenait très profondément. Pendant des mois, il a été exemplaire. Le premier anniversaire, il a craqué. Les copains avaient préparé une petite fête, le truc mignon et trash, tu vois, comme on peut faire ici. La bougie sur un baba au rhum, avec beaucoup de rhum. Plutôt drôle. Il a pas supporté. Le côté cérémonie du truc, même décalée, il s'est pris une bouffée d'angoisse ou je sais pas quoi… Il s'est barré.

– Où ça ?

– Aucune idée.

– Il a pas voulu dire ?

– J'ai jamais demandé. Je suis pas flic. Et puis j'étais flippée. Quand il est revenu il a redoublé d'amour avec Lilia, avec moi aussi, il s'est investi de tous les côtés sur la ZAD, on a aménagé la cabane… J'ai cru que c'était bon. Et c'était peut-être bon… Autant il s'est fait buter, autant il est allé crever comme un chien dans des buissons qui veulent pas le rendre… Et autant il s'est barré. Et autant il s'est buté tout seul. Et autant il va revenir. Et autant merde !

Elle part dans un sanglot d'abord silencieux, soudain suraigu. Je fais quoi ? On s'arrête je ne sais où. Elle pleure plus franchement. Se mouche avec beaucoup de bruit. Je lui tiens la main, fracassé. Il s'est peut-être barré, lui le grand fidèle.

D'habitude, c'est moi qui prends la tangente, d'abord je monte à la capitale avec assez de morgue pour me rebaptiser au passage, et ainsi sacré par mes soins je fais de ma vie un éternel courant d'air, pendant que lui reste à Vesoul auprès des vieux qui répètent et oublient. Alors cette grande absence qu'il nous jette d'un coup à la gueule, c'est quoi, une revanche ? Enfin le grand large ?

Est-ce qu'on saura ?

Il est trop tôt dans la matinée pour un apéro, on va s'en tenir à des cafés. Henri propose du jus de pomme pour Lilia, Émeline temporise. Sa fille lui a sauté dessus, racontant à fond la caisse *tout* ce qui s'était passé depuis la veille sur la ZAD des Playmobil, dans la salle de jeu à l'étage : ils ont dressé des cabanes avec des petites branches du jardin, tout autour du fameux sac-poubelle bleu qu'elle emporte partout, Henri et Christine l'ont aidée à monter une boulangerie, une cage pour les poules et un atelier de mécanique. Henri a un petit sourire : « Et comme on a le camion de gendarmes Playmobil, c'est même assez réaliste », « Allez viens voir maman ! », « Attends ma puce, pas tout de suite, on arrive, là », « Oh, t'es chiante », « Pardon ? », « T'es chiante ! », la petite fonce dans l'escalier, Émeline apprécie moyen, alors pour le jus de pomme, on va voir.

« Elle va redescendre, asseyez-vous. » Christine a la voix très calme, posée, on sent bien qu'elle n'a rien raté de notre tension d'après l'assaut et des yeux rougis d'Émeline, elle a déjà servi des cafés dont l'odeur est en soi un cadeau. Ils prennent des nouvelles. Leurs voisins, qui sont venus donner un coup de main à la Hutterie, leur ont déjà appris l'essentiel quant aux faits. Tout se sait dans le pays. Émeline ressort son couplet sur les paysans, Christine renchérit. On entend les pas de Lilia à l'étage. La maison est sombre, mais les yeux s'habituent. C'est décoré avec goût, de vieux meubles chinés ont été rafraîchis par du décapage ou une peinture à la mode. Sur le canapé, un plaid est plié au cordeau. Au pied de la table basse, toute la presse de gauche attend dans un rack à plusieurs compartiments. Je fixe l'escalier : on n'entend plus Lilia là-haut. Deux paires d'Aigle, comme neuves, sont rangées sous les marches dans des casiers construits pour s'adapter à leurs tailles respectives, madame à gauche, monsieur à droite. Rien à voir avec Borne blanche, ni pour le buisson de bottes, ni pour le reste. Et pourtant ces gens récitent tous les noms de lieux de la ZAD, évoquent une foule de souvenirs partagés avec Émeline et interrogent sur la santé de tel ou untel, y compris des « galériens » qu'ils semblent connaître depuis toujours. Christine, malgré ses lèvres pincées, n'est pourtant pas la dernière à blaguer, et je me prends à comparer sa mâchoire à celle de Kyllian, il faut peut-être des mâchoires aussi différentes pour tenir un lieu comme celui-ci face à Eiffage et aux forces de…

D'un coup une bombe explose dans le salon, Henri se plie en deux, mains sur les oreilles, Émeline disparaît sous la table, Christine se lève en hurlant, moi je me rue à quatre pattes vers les fauteuils, prêt à en retourner un sur ma tête, tous aux abris, les murs tremblent, où sont les gravats ? les fumées ? Rien, seulement du son, des vagues distordues par le volume à bloc, de la musique, une flûte, des cordes, Bach, de derrière le fauteuil qui cache la sono Lilia sort en dansant, au comble du bonheur. Elle me prend les deux mains et tourne, tourne comme une folle, alors je tourne, on tourne, qu'est-ce que je peux faire d'autre ? Émeline se précipite sur sa fille et l'engueule, on n'entend rien, Bach punk mange tout le son, la ronde s'arrête, Lilia secoue la main qu'Émeline tient fermement, prend l'autre main de sa mère et veut relancer la danse, Émeline résiste, colère. Alors Henri me surprend : au lieu de couper le son pour retrouver le silence, le calme, l'état d'avant, il se contente de *baisser un peu*. La sarabande qui continue à se dérouler comme un ruban en boucle est maintenant supportable mais encore puissante. Il nous regarde, on le regarde, Lilia lui tend la main en trépignant. Henri lève les yeux vers Christine. Et là, miracle : les lèvres pincées ont laissé place à un large sourire. Henri s'avance, très digne, prend la main de Lilia, puis celle d'Émeline, qui prend la mienne, je prends celle d'Henri, et la ronde se met à tourner, plus vite, pas trop vite, pas besoin, sarabande pour la Martinval, ruban d'après les lacrymos et les flammes, voici maintenant Christine qui fait une révérence et entre dans la danse.

Quand on avait l'âge de Lilia, les lecteurs CD comme celui de Christine et Henri commençaient tout juste à arriver sur le marché. Autant dire qu'il n'y en a pas eu tout de suite à la maison. La tante Marie-France nous avait offert un mange-disque de couleur bleu roi. Le maniement était rustique, bien adapté à notre âge : tu enfournes, tu défournes. Pour ce qui est de manger des disques, il en a mangé, toujours les mêmes, à haute dose. Parce que la tante avait eu la bonne idée de joindre trois 45 tours dans le colis. Les parents n'en ont jamais acheté d'autres. Ces trois-là ont tourné en boucle pendant des mois, on adorait le mange-disque autant qu'on le maltraitait, au réveil il se prenait *Les trois petits cochons* en travers de la gueule, on rentrait de l'école et c'étaient les *Comptines de toujours*, on avalait le dîner et lui avalait *Jack et le haricot magique*. La plupart du temps on n'avait pas la patience d'aller au bout de chaque disque, l'un de nous deux seulement avait choisi *Les trois petits cochons*, l'autre voulait écouter *Jack* et il n'était certainement pas question d'attendre, on s'arrachait le truc des mains, on tirait sur le disque sans même arrêter la lecture, les parents devenaient dingues, il devait y avoir deux beignes au passage, et pour finir le mange-disque mangeait les *Comptines de toujours*. Mais ça ne durait pas, on repartait sur un coup de *Cochons* ou de *Haricot*, de sorte qu'en moins de cinq minutes Naf-Naf rencontrait un ogre dans les nuages, Jack était descendu dans son jardin pour y cueillir du romarin, Nif-Nif ne voulait plus aller à la pêche aux moules, et le loup, avant de s'attaquer à la maison en paille de Nouf-Nouf, soufflait sur la chandelle de mon ami Pierrot.

Je revois les dessins qui accompagnaient les voix et les sons comme si je les avais sous les yeux : le rose troublant de la peau des cochons, la torsion du haricot géant qui facilitait l'escalade, l'ombre épaisse entre les arbres, loin derrière les petits enfants qui, au premier plan, faisaient la ronde en chantant *Nous n'irons plus au bois*. Cette ombre du bois faisait peur, solide comme une nuit éternelle, et puis c'était le territoire du loup, et tout le monde n'avait pas la chance d'habiter une maison en briques. Elle était belle aussi, cette ombre, un à-plat lisse, pur, on avait envie d'aller y voir, quitte à tenter le loup.

Combien sont-ils, sur la ZAD et ailleurs, à avoir chanté *Nous n'irons plus au bois* quand ils étaient petits, et puis en grandissant, à avoir fait le contraire ? Combien sont-ils à se construire des cabanes en paille au pays du loup ? Sans doute plus que la chanson et l'enfance auraient pu le laisser croire.

Alex n'ose pas retourner à la Martinval, de peur du choc. Je comprends bien… et je suis désœuvré. Plus de terre, plus de paille, plus de briques. Les chantiers sont nombreux, ça reconstruit déjà sur les quatre lieux sinistrés. Je n'arrive pas à m'y investir. Non par principe ou par désintérêt : plutôt comme si j'étais en panne. L'incendie et les destructions, la violence de l'État là en direct, j'en ai les pattes coupées. La « commission Goku » a essayé de reprendre, mais on est au point mort. Parfois je sors ma guitare de son étui, je travaille un peu. Moral dans les chaussettes. Hier j'ai voulu m'enregistrer avec le Zoom, mon dictaphone numérique, mais au moment de jouer, rien n'est sorti. J'ai arrêté l'enregistrement, et au lieu d'effacer, j'ai écouté : on entend juste un peu de vent sur la ZAD. En fait je dors beaucoup. Le sommeil arrive tard, Christophe me hante, son visage à six ans ou à dix-huit ; de la musique me tourne dans la tête pendant des heures, comme un raga indien mais sans l'apaisement, pas moyen d'arrêter tout ce son et toutes ces pensées, aucun bouton stop, rien. Enfin je sombre dans de longs rêves lourds. Au réveil, le sentiment de vanité est immense, être devenu un artiste respecté, un musicien contrôlant son personnage public, et voir la vie de mon propre frère me filer entre les doigts sans la moindre prise. L'absence est hémophile : de la peine et des remords qui coulent sans jamais commencer à former une croûte, refaire une peau. La société nous prépare au deuil, pas à l'absence. Un mort, d'une certaine façon, c'est quelqu'un, on sait ce qu'il a fait, où il est, pourquoi on ne le voit plus. L'absent flotte entre les hypothèses et les sentiments qui rongent.

Émeline doit souffrir tout autant. On en parle un peu, on essaie, elle est très demandée sur les chantiers de reconstruction, sans doute qu'elle s'y consacre avec zèle pour moins voir la chaise vide ente nous. On la croise le matin et le soir, tendre avec sa fille, mais bourrée de colère et d'angoisse, et bientôt partie sur les chemins de la ZAD. Quand il n'y a pas école, c'est Sophie qui passe ses journées à la cabane avec Lilia. Je ne peux pas m'empêcher de penser « Émeline ferait mieux d'entourer sa gamine, de redoubler d'affection » : des jugements moraux qui me surprennent et me dégoûtent de moi-même. Je n'ai pas de leçon à donner, moi qui traîne des journées entières dans un duvet de montagne à l'arrière d'une bagnole, comme une larve. Ça devient gênant à l'égard de Sophie. Parfois je frappe à la porte et je prépare un thé. Je fais mine de m'intéresser aux dessins ou aux constructions de Lilia. Quand elles partent en promenade, il m'arrive de me joindre à elles sur les chemins pisseux. J'enregistre quelques sons avec le Zoom, pour me donner une contenance : une tronçonneuse au loin, des vaches qui traversent la route, la cloche d'un proche village. Le vent dans l'éolienne de Borne blanche.

Une promenade en tant que telle ne présente aucun intérêt pour Lilia. Le mot même lui fait horreur. Sophie m'a maudit du regard une après-midi où j'ai eu le malheur de le prononcer alors qu'elle avait réussi à présenter les choses autrement. Lilia avait déjà son manteau et ses bottes, et j'ai dû dire quelque chose d'original comme « Ah comme ça va te faire du bien une bonne promenade. » Elle a jeté son vêtement par terre, le menton tremblant déjà, scandalisée qu'on ait essayé de la duper avec des fariboles. Il a fallu de longues argumentations pour la convaincre que non, ça ne serait pas une promenade, que ça serait tout à fait différent, que je m'étais trompé, que vraiment j'avais dit n'importe quoi et que d'ailleurs j'allais la fermer maintenant. Mille ruses sont nécessaires pour transformer une balade sans autre but qu'elle-même en succession de petites chasses : le premier qui trouve une coquille d'escargot, va te cacher moi je te cherche, tu m'attraperas pas. Souvent les idées manquent, ou bien Lilia est sincèrement fatiguée. Il reste une solution miracle : les épaules. Sophie m'apprend que Lilia en a pris l'habitude avec Christophe. Elle-même pratique beaucoup, mais hier, Lilia a réclamé les miennes. J'ai d'abord refusé, pensant immédiatement aux innombrables conseils de mes ostéopathes pour ce qui était de ma seule guitare en bandoulière, alors une gamine, ça, jamais. Et puis la petite s'est mise à pleurer d'un chagrin qui n'était pas un caprice mais un appel bien plus profond. Alors je me suis assis sur les conseils des ostéopathes, et Lilia s'est assise sur mes épaules.

Malika a peur que je sois en train de perdre pied. Même dans une période d'après-tournée, plutôt calme, il y a toujours des sollicitations de la presse ou des papiers à signer. La zone blanche ne facilite pas nos échanges, c'est vrai ; j'utilise quand même un peu trop cet argument. Ma correspondance électronique explose, je n'ai plus le courage de la mettre à jour quand je retrouve du réseau. Les flux sexy des réseaux sociaux deviennent très vite marécageux quand on les laisse en plan. La vérité est que je n'ai aucune envie de m'occuper du business, et voilà ce qui inquiète Malika. Elle parle de venir me voir, de relancer les recherches, de solliciter un flic privé, tout un arsenal de solutions qui lui ressemblent, combative comme elle est, et qui pourtant achoppent face à un absent qui, justement, ne fait pas face mais se dérobe indéfiniment.

Alex a surpris une de mes conversations téléphoniques avec Malika à Borne blanche. Sa réaction était un peu rassurante : bien sûr la situation est particulièrement dure pour moi, mais bien des gens qui arrivent sur la ZAD passent par une phase de flottement. Le rythme y est si différent, les relations aux autres, au travail, aux réseaux… Certains constatent qu'ils sont simplement fatigués par l'agitation quotidienne et mettent parfois un mois ou deux avant de pleinement atterrir et de s'investir, ici ou là. Je lui réponds qu'avant un mois, j'espère bien être parti de ce gourbi. Son rire nous fait du bien.

Serait-ce le moment de lui poser cette question qui me taraude depuis la remarque cuisante de Sophie ?

– Alex, c'est un peu gênant mais… Comment est-ce qu'on doit parler de toi quand t'es pas là ?

– Il faut chanter mes vertus, évidemment.

– Non, mais je veux dire : il faut dire « il » ou « elle » ? Ou autre chose ?

Un sourire que je n'avais pas vu depuis longtemps éclaire son visage :

– Ah… Il faudrait un mot neutre !

– Comme « it » en anglais ?

– Sauf que « it », c'est pour les choses, non ? Parfois ça me plaît d'être une chose, mais pas toujours… Il y a des trans qui réclament « iel » en français, ou X en anglais. Moi, je change tout le temps d'avis. En ce moment, j'aime bien Xelle.

– XL ? Comme pour les t-shirts ?

– Plutôt par féminisme, X-e-l-l-e, un neutre, mais meuf, c'est paradoxal et je trouve ça cool des paradoxes dans le genre ; enfin, le sens extra-large, ça me va aussi !

Et de me jeter un regard en dessous, ouvertement grivois.

– Ah mais non c'est pas du tout ce que je voulais dire !

– Mais c'est quand même ce que tu as dit !

Je rougis comme un collégien.

Je ne vais pas laisser Émeline vider le seau des toilettes à chaque fois. J'ai bien vu comment elle faisait, avec le bac à compost dehors et sa petite brosse. Les toilettes sèches équipent de plus en plus de festivals, on est très content, on fait sa petite affaire et on sauve la planète, mais le lendemain on repart et c'est une société dédiée qui vide les cuves. Ici, pas de société dédiée.

Elle me voit sortir des toilettes avec le seau rempli et ça doit être écrit sur ma gueule que je ne suis pas tout à fait dans ma zone de confort. Elle se marre très franchement, ce qui est plutôt rare ces temps-ci, et dit « Allez camarade, encore un effort ! Tu participes au grand cycle de la vie ! »

J'essaie de sourire mais le résultat est sans doute terrible à voir, parce qu'elle se marre encore plus. Je me sens ridicule. Les trois quarts de mes chansons font l'éloge du corps, de sa sauvagerie, de sa matérialité brute, et je suis infoutu d'en assumer les déchets les plus ordinaires. Me revient en mémoire l'image de Sophie qui parlait de la filière nucléaire comme d'un appartement sans toilettes. Alors, pour m'encourager, je me répète avec grandiloquence qu'en vidant un seau de pisse et de merde entre quatre planches, je vais faire à moi seul un truc plus sensé que toute la filière nucléaire.

Bon, au moment de verser, ça reste de la pisse et de la merde, et j'ai bien du mal à éprouver que là, je suis en train de participer au grand cycle de la vie.

Il est 17 heures, le petit frigo de la cabane est vide. Sophie a dû partir pour une réunion, Émeline rentrera tard. Je pourrais foncer au SPAR de Saint-Pierre, mais à la simple perspective de devoir canaliser Lilia dans les allées de l'épicerie, je suis découragé d'avance. Il reste une autre solution : le marché à prix libre. C'est le jour. Toutes les personnes de la ZAD qui ont du surplus au potager viennent le proposer au carrefour de Jussy, on donne ce qu'on a en échange. Je ne sais pas trop quoi en penser, mais il faut bien que la petite mange. On peut y aller à pied : la nourriture représente un but assez motivant pour que Lilia ne considère pas le trajet comme une promenade, et les ombres avec la lampe frontale dans les chemins noirs, ça l'amuse – enfin, tant qu'un adulte est là pour la rassurer. Hier j'ai fait l'erreur de la laisser deux minutes dans l'obscurité à dix mètres de la cabane, il lui a fallu un moment pour s'en remettre.

Ce marché ne paie pas de mine. Un étal défraîchi surmonté d'un spot de chantier, quelques légumes et des tracts ; c'est tout. Il y a pourtant du monde. On ne mourra pas de faim : restent des patates et des oignons. Je me sers, et l'évidence s'impose d'un coup : mon porte-monnaie est vide. Comme souvent désormais, je n'ai qu'une carte de paiement, ni pièces ni billets. Sur le papier ça ne pose pas de problème : on donne ce qu'on a, si on n'a rien, on ne donne rien. Mais je n'ai *pas* rien, j'ai même beaucoup d'argent sur différents comptes, un argent qui n'est d'aucune valeur ici. Je me tiens là les bras ballants, bien embarrassé de ne pouvoir accomplir les gestes qui referment habituellement cette situation banale : j'ai pris quelque chose, donc je donne autre chose en échange, au revoir et merci. Mes mains s'agitent, honteuses, comme si la terre sur les patates avait laissé des traces que seul un peu d'argent pourrait laver et qui, en attendant, sautent aux yeux de tous. Pour combler le vide, je saisis un tract, l'air soudain passionné. C'est le moment où Sophie m'aborde.

Elle me demande comment s'est passée la journée avec Lilia. Je la sens un peu mal à l'aise. Au moment où je vais évoquer ma discussion avec Alex sur X et Xelle, lui montrer que je fais des efforts et que ça rentre, elle se lance plus vite que moi :

– Tu vois, il a fait des trucs pas mal.

– Qui ça ?

– Ben… Goku !

Elle montre alors, d'un geste vague, l'étal moche où croupissent les derniers légumes. Je ne suis pas sûr de comprendre.

– C'est lui qui a construit ça ?

Elle éclate de rire.

– Mais non, le marché à prix libre ! C'est son idée.

Quand j'entends ça, quelque chose crépite dans mon passé. Une étincelle encore floue, qui dégage pourtant une lumière vive. C'est encore si vague que je réponds des banalités.

– Ah pardon, je ne savais pas.

– Je pensais qu'on t'avait dit, désolée.

– Non non, c'est rien.

Un blanc. Dans ma tête, une voix me dit que ce marché à prix libre est une piste inspirante, peut-être pour sortir de l'aliénation capitaliste, et plus sûrement pour comprendre ce qu'il est advenu de ma relation avec Christophe. Cette voix redit un nom enfoui depuis longtemps, ou plutôt un surnom, encore un, moqueur et glorieux : Corons. Mais ça n'est pas encore le lieu de l'écouter longuement. Je suis face à Sophie qui me chauffe et me glace, je fais la conversation, sans m'en sortir trop mal. On se quitte bons amis, c'est déjà ça.

En rentrant, je fais un bout de route avec John, un Anglais qui habite un peu après Créqui, dans une caravane. Lui aussi porte une lampe frontale. On joue avec les ombres. Selon les axes, la lampe de John dessine parfois un centaure bizarre sur les talus : Maxime qui marche, Lilia sur ses épaules.

Émeline est à la cabane. Elle me remercie pour les patates et les oignons, s'excuse de ses absences, j'acquiesce en silence, puis on prépare le dîner. Tout est fluide, l'épluchage, la cuisson, le repas, la vaisselle, le coucher de la petite. Je flippe un peu de me fondre aussi bien dans cet enchaînement domestique, et pourtant j'y trouve un plaisir indiscutable. Il pleut des cordes mais le poêle ronfle : ça va.

Est-ce lié à ce sentiment d'aisance dans la cabane de mon frère ? Une fois Lilia endormie, j'ose enfin demander à Émeline ce que c'est que cette machine sur le bureau, dans la chambre. Je m'y attendais : ils partagent cet ordinateur, elle et Goku, c'est celui qu'il utilise pour mixer. Est-ce qu'il serait possible que je l'ouvre ? Bien sûr, de son côté elle n'a rien à cacher et j'apprendrai peut-être des choses sur mon frère. Elle me parle aussi de grosses enceintes, de platines et de bacs de disques, le tout stocké chez Étienne. On verra ça plus tard.

Bientôt, je me retire dans le Qashqai avec le portable sous le bras, comme si c'était un coffre au trésor.

Je trouve assez vite les différents logiciels qu'il utilise, et surtout sa playlist. Tous les classiques du funk américain sont là, ce qui ne m'étonne pas ; en revanche, je suis impressionné par sa collection d'Afrique de l'Ouest : highlife, afrobeat, wolof music, des stars comme Fela Kuti ou l'Orchestra Baobab mais aussi des dizaines de groupes dont j'ignore jusqu'au nom. Il n'a pas inventé ce rapprochement entre les musiciens noirs des deux côtés de l'Atlantique, mais j'ignorais totalement qu'il avait poussé le bouchon si loin. Écoutons voir côté Afrique. Un morceau, deux, dix. Bientôt il devient impossible d'attendre la fin de chaque chanson pour passer à la suivante. Même s'il y a là tout un collier de bijoux, je veux en savoir plus, rattraper le temps perdu. J'arrête les pistes au bout d'une minute, ce qui est frustrant, alors j'ouvre deux fichiers en même temps, puis trois, puis quatre. Ça commence à tourbillonner là-dedans. Une boîte de nuit à Dakar ou à Lagos, ici dans le Qashqai, quatre salles, quatre ambiances. Maintenant j'ouvre aussi les fichiers américains, une rareté de Curtis Mayfield ou de Sly and the Family Stone, et puis un tube de James Brown. Les outils des DJ me sont inconnus, ces ciseaux sonores permettant de prélever ici une tournerie au piano et de lui coller un pattern de batterie venu d'ailleurs, pour l'heure je me prends des torrents de notes simultanées, des voix et des instruments qui se parasitent à des *tempi* différents. Malgré tout je crois entrevoir comment rapprocher certains motifs, telle guitare de James Brown et telles percussions de Fela, les sections cuivre de Sly et du Baobab, la basse de Bootsy Collins avec le chant de Roger Damawuzan, comme si mon cerveau et mes oreilles envoyaient des lianes gigantesques pour pister Christophe, cherchant les liens qu'il a pu tisser lui aussi à travers les années, au gré de patientes écoutes personnelles ou dans l'intensité du mix en direct. Mon frère n'a plus joué une note de lui-même : la batterie au placard ; il s'est retranché derrière la musique des autres, toute une mine ici rassemblée dans la mémoire d'un seul laptop ; et je devine pourtant, malgré tout, la même énergie qu'à cinq ans face au mange-disque, l'appétit de faire sortir des sons, de les triturer, de créer des chocs et des échos, avec cette dimension nouvelle de la danse, du mélange offert aux corps des autres, à leur plaisir du mouvement, et derrière ce retrait de soi comme musicien, comme créateur signant son œuvre, il y a sans doute la plénitude d'aller chercher la joie des amis, de les sortir de la colère des luttes et du refus, étrange absence que remplit la jouissance de la tribu.

Alors j'observe le clavier sur lequel je pianote depuis maintenant des heures, et je frissonne. Mes doigts parcourent des touches qui portent sans nul doute ses propres empreintes, entre lesquelles des grains de poussière sont peut-être de minuscules morceaux de sa peau. De l'arrière du clavier émane une douce lumière rouge, qui se diffuse dans tout l'habitacle. Une seconde, Christophe est là, à l'envers, de l'autre côté des lettres, à taper lui aussi sur ces petits carrés des mélodies trop faibles, des messages que je ne sais pas encore lire.

Est-ce qu'on s'est disputés avec Christophe ? Est-ce qu'on a clairement coupé les ponts ? Je ne crois pas. Le marché à prix libre m'évoque autre chose : l'argent, et Corons. Mon professeur de philosophie en terminale. Son vrai nom était Pierre Bachelet, un homonyme du chanteur : *« Au Nord / C'était les corons / La terre / C'était le charbon »*. Mes copains et moi, on se foutait bien de sa gueule avec ça, mais en réalité, on l'adorait. Sans Corons, ma vie serait beaucoup plus étroite. C'est lui qui m'a fait lire, vraiment lire, bien au-delà des requêtes scolaires auxquelles je répondais avec astuce pour retourner au plus vite à la contrebasse. Les auteurs dont parlait Corons, les philosophes et les autres, étaient tous magnétiques : Nietzsche, Whitman, Shakespeare, Spinoza, Dostoïevski, Woolf, Kierkegaard, Weil et tant d'autres, il ne s'agissait plus d'école et de notes, mais de la vie même. Tout ça je l'ai lu, avalé, mangé tout cru, grâce à lui. Je buvais ses paroles. Pour la première fois, par sa bouche, le langage me semblait quelque chose d'actif, de palpable dans son efficacité, aussi réel qu'une route ou une arme, qu'il s'agisse d'évoquer la culture, le désir, la religion ou l'argent. L'argent justement : j'avais été ébloui par la tirade de Corons sur le crédit, le rapport entre la monnaie et la confiance. Le constat que des banques américaines pouvaient prêter dix fois le même dollar simplement parce qu'on croyait en elles m'avait paru ébouriffant. L'argent n'était pas d'abord ces rondelles de métal qui manquaient toujours, mais une sorte de fiction, quelque chose qui devait passer par la foi collective pour exister. Exalté, j'avais refait tout le topo à Christophe le soir même. Pour lui, depuis quelques mois, la vie était dure. Il se débattait au milieu de questions trop grandes. J'étais frappé par leur ampleur, équivalente aux idées de Corons. J'essayais bien de lui faire passer un peu de ce flamboiement de sens que je recevais de la bouche de mon maître plusieurs fois par semaine, mais comme, tout en voulant sincèrement aider mon frère, je n'avais pas perdu le désir de l'impressionner par ma propre intelligence, le résultat était sans doute plus venimeux qu'autre chose.

On était devant la fenêtre de sa chambre qui donnait sur un bâtiment en construction. Les bicoques des faubourgs étaient en train de faire place à un grand immeuble de bureaux. Je pérorais sur le coup du dollar prêté dix fois et le lien de l'argent à la fiction. Quand je me suis tu, il regardait le chantier, tout ce béton armé sorti du sol par le jeu des banques, du prêt et de la confiance, jusqu'à s'imposer maintenant dans le paysage avec l'évidence de ses centaines de tonnes, et il a dit « Donc les neuf dixièmes de cet immeuble n'existent pas. » Sa voix était blanche, même pas désespérée, inoubliable.

Je ne sais pas si le marché à prix libre sort directement de cette expérience cuisante. La vie est tortueuse. Ce moment ne représente pas non plus une cassure nette et définitive dans notre relation. Il dit peut-être quelque chose de ce qui était en train de se jouer à petit feu : pas de rupture, pas de dispute, juste l'amour qui se démonétisait lui aussi, lentement mais sûrement. Pas jusqu'au bout non plus, puisque je suis là aujourd'hui. Il en reste au moins un dixième. Le vrai dollar d'amour.

Je pars bien à l'heure pour aller chercher Lilia à l'école. À sortie du champ où se trouve la cabane, je ralentis pour prendre en douceur le mauvais nid-de-poule que je commence à connaître. Bientôt le Qashqai sera sur la petite route goudronnée, régulateur de vitesse sur soixante, et si j'écoutais cet album de Jeanne Added ? Mais non. Au fond du nid-de-poule, le Qashqai patine. Les fortes pluies ont rendu la terre toute glaiseuse. Je sors. Les pneus du Qashqai sont gorgés de boue, boue sur boue, forcément ça glisse. Je remonte, pourrissant l'intérieur du Qashqai de mes pieds souillés. J'appuie sur l'accélérateur. Rien. J'appuie plus fort. Les roues envoient des giclures de boue circulaires jusque sur les vitres latérales, mais c'est pas vrai, putain, c'est un SUV oui ou merde ? Et si quelqu'un passe, j'ai l'air de quoi, moi ? J'accélère encore, le paysage commence à disparaître sur les côtés, putain d'ornières de putain de zone humide, je vais être à la bourre bordel ! Je gueule et je serre les dents et je gueule encore, qu'est-ce qu'ils vont faire de la petite à l'école ? Qu'est-ce que ça sent ? Merde, le brûlé, ça va péter ou quoi ? Mais c'est à chialer cette histoire, et puis tiens, que ça pète puisque de toute façon tout part en couille ! Dans la colère je donne de grands coups de volant de droite et de gauche, de gauche et de droite, le Qashqai hoquette, manque de caler, et soudain repart jusqu'au sentier. Ah bon c'est tout ? Dans la boue il suffit de tourner le volant et ça repart ?

J'arrive à peine en retard. Lilia me lance un flot de paroles immédiat au sujet de tout ce qu'elle a vécu en quelques heures, sans se douter une seconde de l'angoisse de boue que je viens de vivre. Au bout de deux minutes, plus un bruit. Je regarde dans le rétro : elle dort. Tant mieux : j'ai bien besoin d'une pause. Elle ne se réveille pas quand je la sors de la voiture, ni quand je pousse la porte. Je me faufile vers sa chambre, les rideaux sont déjà tirés. Ça va être simple. Il ne fait pas froid, elle est habillée chaudement, je la pose sur son lit, basta. Trois pas de chat pour sortir. J'ai la main sur la poignée de la porte.

– Tu m'enlèves pas mes chaussures ?

Eh merde.

– Euh, si tu veux.

Je tâtonne dans l'obscurité. Des lacets. J'essaie de les dénouer sans voir, pas évident. Grave erreur : j'allume la lampe de chevet. J'éteins dès que possible, trop tard. Elle se met à sauter sur son lit comme sur un trampoline, en riant de très bon cœur, « C'est Maxime qui me couche, c'est Maxime qui me couche ! »

À partir de là, on bascule en enfer. D'abord, il faut qu'elle accepte de se rallonger. Cinq minutes au moins, mais si, ou alors je te laisse toute seule dans le noir, non ! Alors tu t'allonges. Elle réclame d'aller sous les draps. D'accord. Mais il faut la déshabiller. D'accord. On enlève le pantalon et le gros pull. « Et les chaussettes alors ? » « Ah, bon les chaussettes aussi ? » « Ben oui, Goku il enlève toujours les chaussettes. » Fends-moi le cœur en plus, je te dirai rien. Maintenant, elle veut une histoire. Après tu dors, hein ? Oui oui. On rallume. Il y a des bouquins au pied du lit. *Pierrette et Fifrelin.* Mais bien sûr. Allez tu lis ? « Dans le petit bois, Pierrette et Fifrelin ont beaucoup d'amis. D'abord, il y a le nain bleu. Le nain bleu voit tout en bleu, même les brins d'herbes et les feuilles des grands frênes. » Cette histoire est interminable, j'ai pris un truc beaucoup trop long. C'est déjà le quatrième nain, il a un point de vue tout nouveau sur la vie dans la forêt. Par deux fois, j'essaie d'arrêter avant la fin, mais c'est bien trop soudain pour Lilia. La troisième fois, je la prépare : on s'arrêtera après Félix le blaireau, d'accord ? D'accord. OK. Le blaireau a parlé, je ferme le livre, rapide baiser, j'éteins. J'ai la main sur la poignée de la porte.

– J'ai peur dans le noir.

Je vais lui dévisser la tête.

– De quoi tu as peur ?

– Du noir.

– Mais de quoi dans le noir ?

– Je sais pas.

– C'est bien le noir, aussi, pour se reposer, c'est important de se reposer.

– J'ai peur.
– Et si j'ouvrais un peu le rideau ?
– D'accord.
– Ça te va comme ça, la lumière ?
– Oui. Maxime ?
– Mmh ?
– C'est quoi un blaireau ?
– Un genre de petit ours mais…
– Mais quoi ?
– Mais horizontal.
– Ça veut dire quoi ?
– Ça veut dire qu'il n'avance jamais sur deux pattes.

En même temps, celui du bouquin se tient debout. Il a aussi une chemise et un chapeau. Bref.

– Il a quel âge, Félix ?
– Je sais pas.
– Pourquoi ?
– Pourquoi quoi ?
– Pourquoi tu sais pas quel âge il a ?

Ça pourrait durer comme ça trois heures. Je sens monter une grande violence dans ma poitrine, qui me fait serrer la mâchoire et crépite jusque dans mes mains. Mais quelque chose m'empêche de passer à l'acte, de lui rougir les joues, les fesses, c'est interdit, voilà. Pourtant, cette violence, il faut bien en faire quelque chose. Alors je chante, ce qui vient en premier, John Lennon.

"He roller coaster
He got early warning
He got muddy water
He one mojo filter

He say 'one and one and one is three'
Got to be good looking 'cause he's so hard to see
Come together
Right now
Over me"

Pas exactement une berceuse, mais l'effet de surprise a l'intérêt de lui clouer le bec. Je fais tourner les quatre couplets plusieurs fois, d'abord dans l'ordre, puis je m'y perds, comme dans un long remix involontaire. Bientôt sa respiration s'apaise. La surprise dans ses yeux disparaît. Ses yeux disparaissent.

Une énième réunion destinée à anticiper sur les futures nouvelles expulsions. Je ne sais pas pourquoi je me retrouve là, sans doute parce que ça ne va pas fort et que je pourrais bien être ici ou ailleurs, ce serait pareil. J'écoute d'une oreille distraite, Denis insiste pour que cette fois, on répartisse les tracteurs sur la zone, puis il est question de pouvoir se prévenir mutuellement en cas d'attaque surprise, sur toute la ZAD et avec les copains des villages alentour. Mon attention flotte entre les paroles échangées, la nuque décidément très gracieuse de Sophie, les bouteilles qui attendent pour la fin de la réunion et les souvenirs toujours plus nombreux, envahissants, effilochés.

Souvent, le samedi on allait de la salle d'orchestre aux réunions du syndicat sans se poser de questions. Ça nous passait à quatre mille, on slalomait entre les tables avec les autres enfants de la Peuge, et puis c'était une autre époque, d'autres luttes qu'ici, mais pour autant, est-ce qu'il n'en reste rien ? Il n'est pas arrivé sur la ZAD sans expérience. Les parents et leur monde se sont pris défaite sur défaite. J'ai fui cet héritage, opté pour le dandysme. En chaussant des bottes en caoutchouc, Christophe a peut-être fait quelque chose de plus subtil que moi : ni laisser tomber la lutte, ni la continuer tête baissée droit dans le mur, mais la déplacer, la faire muter. Changer de décor, d'alliances, de rapports de force.

Le mercredi on partait à l'école avec nos instruments pour enchaîner l'après-midi avec le conservatoire. Il fallait passer un pont par-dessus la voie de chemin de fer, pour nous c'était le pont qui menait de l'alphabet et des additions aux notes sur des portées, aux sons qu'il y avait derrière les notes. Le premier mercredi du mois les alarmes des usines et des casernes faisaient leur essai rituel à peu près au moment où on marchait sur ce pont. On se testait : alors, cette sirène, elle fait quelle note, et celle-là ? Parfois je sortais la contrebasse, comme ça, au milieu du pont, pour vérifier. Quand la note de la sirène glissait lentement vers les graves, avant le silence, je l'accompagnais en remontant les doigts vers la tête de l'instrument. Je lève la main.

– Ouais, Maxime ?

– Et si, au moins pour se prévenir entre zadistes, vous récupériez des vieilles sirènes d'usine ?

Un silence. Des regards échangés. Quelques anémones hésitantes. Quoi, j'ai merdé ? Sophie réagit.

– Techniquement, c'est possible.

Louise embraie.

– Par contre, Maxime, tu fais chier avec ce mot, « zadiste », tu le dis souvent et moi je m'y retrouve pas, c'est un truc des médias, une catégorie, je suis pas venue là pour me faire foutre dans une catégorie, d'ailleurs même parmi nous ce truc est trop souvent repris sans qu'on s'interroge, et c'est naze.

Quinze anémones. Je suis vexé à mort.

– Je dois dire quoi, alors ?

– Je sais pas, « les copains », « les occupants », « les personnes qui vivent sur la ZAD », « les habitants de la ZAD », c'est pas les solutions qui manquent.

Ma réponse part sans prévenir :

– Non, c'est juste l'élégance.

– On n'est pas là pour l'élégance.

Je lui jette un regard mauvais.

– J'avais remarqué.

Thomas qui fait le médiateur reprend la parole.

– Du calme, tous les deux. Louise, c'est une vraie question, on s'en occupe bientôt mais ce soir c'est pas le sujet.

Quand Lilia sort de l'école, elle est souvent surexcitée, j'ai du mal à la faire redescendre. Aujourd'hui je laisse le Qashqai un peu loin du bâtiment, dans l'idée qu'au retour, marcher pourrait lui faire un bon sas de décompression. Il tombe un peu de crachin, rien de méchant. Je la récupère à bloc, sourire sucré du maître, fuyons. Dehors, il pleut maintenant à seaux. Pays de merde. Elle réclame mes épaules, jusqu'aux larmes, quelle brillante idée j'ai eu de me garer à perpète, la pluie nous détrempe en quelques secondes, et toutes mes craintes de chanteur reviennent : maux de gorge, extinction de voix, laryngite, etc., comme dirait Sabine, « y'a des jours on dirait des semaines ». Il faudrait une pharmacie, il n'y en a plus dans ce bled, la porte est décorée d'un panneau « fermeture définitive ». Nous arrivons à la hauteur de la petite église. Je suis athée mais il pleut. On peut toujours essayer.

La porte s'ouvre. Derrière l'autel, une grenouille de bénitier se retourne, balai à la main, d'abord hostile. Puis elle voit la gosse sur mes épaules, et alors ce sont des sourires et des entrez donc, et des comment tu t'appelles. Comme bien des gosses, Lilia refuse de répondre. Comme bien des pères de famille, je me retrouve à dire « Lilia ». Sauf que je ne suis pas le père, que je suis en train de faire la conversation à une bigote dans une église humide au lieu de préparer mon prochain album dans l'été indien de Montpellier, et que ça commence à me gonfler sérieusement. Brisons là, s'il vous plaît. Quand la vieille en vient à demander où habite cette enfant, je réponds d'un ton provocant « Sur la ZAD », certain qu'elle va soudain trouver Lilia beaucoup moins mignonne.

– Ah bon ? De quel côté ?

– Euh, à Créqui.

– Ah oui, Créqui, mon mari a des bois par-là. Pour l'instant, on n'a pas eu trop besoin de le défendre, ce coin-là, mais pour combien de temps…

« On » ? « Défendre » ? Elle continue.

– Denis a raison, on s'est fait avoir comme des bleus avec la Hutterie. Et la Martinval, quel scandale… Je la connais bien, moi, cette ferme, j'avais des cousins qui vivaient à côté, petite. Je suis sûre que les gendarmes mobiles ont mis le feu volontairement, les salauds… Ces GM, c'est tout racaille et compagnie, ils viennent de Strasbourg ou de Marseille, jamais un gendarme d'ici aurait mis le feu à la Martinval. Et le petit Alex, là, je l'ai vu pleurer, moi, il avait l'air aux abois, j'ai prié pour lui toute une semaine.

Je manque de répondre « On ne doit pas dire "il" pour Alex », mais non, je me mords les lèvres, c'est suffisamment hallucinant comme ça.

– Et… Vous, madame, vous étiez sur la ZAD, pendant l'assaut ?

Son œil clair s'allume.

– Je faisais la soupe, mon mari avait enchaîné son tracteur avec les autres pour faire la Grande Muraille, comme vous dites. On soutient comme on peut…

Un blanc.

– Bon, si vous voulez bien, je vais retourner à mon ménage, n'hésitez pas à faire un petit tour, tant que je suis là c'est ouvert.

Je déambule en essayant de digérer ce que je viens d'entendre. Est-ce qu'Alex se doute qu'on « *prie pour lui* » ?

La richesse des décorations est étonnante pour une église si petite, dans un pays qui n'a rien de riche. Des panonceaux récents présentent les objets remarquables. Ils sont bien fichus, je fais un peu la classe de caté à Lilia toujours juchée sur mes épaules : la statue de saint Jean avec l'aigle, un tableau figurant la pêche miraculeuse, les quatorze stations de la Passion sculptées très simplement dans de petits panneaux de buis. Sur les vitraux, le style des personnages est homogène : ils sont longs, leurs doigts presque démesurés se terminent par des ongles curieusement carrés, leurs yeux sont clairs comme ceux de la vieille dame. Le troisième vitrail présente un homme de taille imposante : il occupe presque toute la hauteur du panneau de verre. À ses pieds, les ondulations du plomb laissent deviner un cours d'eau. Sur son épaule une forme se dessine, que la trop faible lumière du dehors ne permet pas d'identifier. Lilia demande « Il s'appelle comment, lui ? »

À la lecture du panonceau, je prends une décharge :

– Il s'appelle saint Christophe.

– Comme papa ?

– Oui. Apparemment Christophe ça veut dire celui qui porte le Christ.

– C'est qui le Christ ?

– Le petit garçon sur son épaule, là, qu'on ne voit pas bien.

– Ah. Mais papa, il porte pas le Christ, il me porte moi.

– Oui, c'est pour ça qu'il s'appelle pas saint Christophe mais Christophe tout court.

– C'est quoi un saint ?

– Pour les gens qui viennent à l'église, c'est quelqu'un de bien.

– Et papa, c'est pas quelqu'un de bien ?

– Euh, si si.

Elle réfléchit un moment, puis déclare avec beaucoup d'aplomb :

– Toi aussi, t'es quelqu'un de bien. Même si tu t'appelles Maxime.

Je n'ai soudain plus rien à dire, ma gorge se serre et ça n'est plus une histoire de laryngite ou de pharmacie. Là face au saint qui porte l'Enfant et le nom de mon frère, je porte l'enfant de mon frère, je porte mon frère disparu.

– Vous me donneriez un coup de main, s'il vous plaît ?

La dame a fini son ménage. Elle a ouvert la porte de l'église et tient une affichette dans une main, un rouleau de Scotch dans l'autre. Je maintiens l'affiche, elle colle. Il s'agit d'avertir les fidèles du village qu'il n'y aura pas de messe ici pour la Toussaint le 1er novembre mais qu'ils pourront se rendre dans d'autres églises des environs, à telle et telle heure, etc. Elle me remercie pour ma diligence. On se sépare très bons amis.

Il pleut toujours, nous sommes trempés, mais je m'en fous. En attachant la petite à son fauteuil, ça me revient : le 1er novembre marque aussi le début de la trêve hivernale.

Pas juste une laryngite : en plus de la gorge défoncée comme une route en chantier, mon nez est une fontaine, j'ai de la fièvre, des frissons puis de grosses suées. Et comme je pleure tous les jours, c'est simple : je suis une zone humide.

Laissez pousser mes branches. Laissez la mousse me grignoter au nord du tronc et même tout autour. Je suis de la mousse. Des espèces rares me prennent pour abri, dans les marigots, les bauges, les chemins creux. Souvent, une écrevisse me pince les tripes. Mon corps ? Des branches, des feuilles, et dans les crevasses du tronc là où l'écorce gondole et se soulève, jaillit de la sève, du pus, du jus de vie et de mort. Mon cerveau imite les prés, à moins qu'il n'en fasse pleinement partie : des plaques de boue et d'herbe fragmentées par des haies buissonnantes. « Je » est un mot périmé : plus de frontières, plus d'orgueil, plus de public pour vénérer ce petit pourtour et renvoyer son image fausse, son idole cerclée d'un cadre étriqué qui bégayait « moi, moi ». « On » conviendrait mieux. On est une zone humide. On pue. On vit.

Malika me rend visite. Voilà qui m'oblige au moins à me laver, à me raser. Ça va un peu mieux, la fièvre est tombée. Je vais la chercher à la gare de Nancy. Sur le quai, elle me sourit très sincèrement, mais garde les sourcils froncés, une paire de bottes toutes neuves aux pieds, des Aigle décorées de pois multicolores. Pendant le trajet, je lui présente ce que j'ai appris de la région, des personnes qui vivent ici ou là et des noms de lieux. Elle écoute attentivement, me relance, plaisante à l'occasion. Sur la ZAD, je sens sa concentration monter. Elle observe tout, enregistre, décode. Je lui fais rencontrer Léa, Étienne, Alex, Thomas, Denis, Sophie et, bien sûr, Émeline et Lilia. La petite lui demande si on est amoureux, elle répond non en riant ; trois heures plus tard, elle est devenue tata Malika.

Le lendemain, elle participe à une réunion de la commission Goku. Ses questions sont pertinentes, elle observe longuement les cartes décrivant nos circuits de battues, lance les juristes sur des points qu'ils n'ont pas encore explorés, puis met les pieds dans le plat : combien de personnes disparaissent en France chaque année sans qu'on retrouve la moindre trace ? Nous sommes plusieurs à répondre « Dix mille ». « Dix mille personnes qui s'envolent comme ça ? » Nous approuvons de la tête. « Sans qu'on sache si c'est le crime parfait… ou le suicide parfait… ou la fugue parfaite ? » Mêmes gestes. Elle garde le silence.

Malika est urbaine jusqu'au bout des ongles. Sa capacité à s'adapter à la boue comme à passer ses nuits au *sleeping* de Borne blanche m'étonne et me soulage. Les après-midi, elle emprunte un vélo et part faire de longues balades sur la ZAD. Bientôt, à force de voir et de discuter, elle a saisi les subtilités géologiques expliquant l'intérêt de l'État pour ce lieu. Elle dit « Callovo-Oxfordien », « karstique » ou « calcaire marneux » en saluant l'enthousiasme des copains les plus calés sur la question avec un enthousiasme largement comparable au leur. Au bout de trois jours, je la raccompagne jusqu'au quai du train avec le sentiment qu'elle a tout compris et qu'elle ne peut rien faire.

– Ce serait plus simple s'il était mort, ton frère, clairement mort.

– Je te le fais pas dire.

– Là c'est un peu comme ce que racontent les amputés.

– Pardon ?

– Ils ont toujours mal au membre qui leur manque.

– C'est pour me dire ces trucs réjouissants que t'es venue me voir ?

– Tu sais que je préfère la réalité. Après on compose. Et toi tu peux le faire, tu peux te concentrer, repartir dans la création, c'est inestimable, Maxime. Dans la bande, certains passent complètement à côté d'eux-mêmes en s'obnubilant avec cette lutte, alors qu'ils ont de l'or dans les doigts.

– L'or, c'est bien si tu veux devenir riche. Ça les intéresse pas forcément.

– Mais il y a le plaisir, quand même, faire ce qui nous plaît le plus, c'est un luxe, à un moment il faut assumer ! Si on attend que tout soit plein d'amour pour agir, on fait jamais rien. La réalité, c'est pas l'utérus de ma mère.

– T'exagères, ils agissent.

– Et toi, tu agis ?

– J'essaie de recoller les morceaux. Et de faire un oncle potable.

Son départ est annoncé par les enceintes. Elle me serre très longuement dans ses bras, puis demande en souriant :

– T'appelleras la DRAC ?

On rigole.

– Oui.

– Promis ?

– Promis.

Un silence. Elle reprend.

– J'ai jamais vécu un truc aussi dur que ce qui t'arrive. Alors si je fais un peu la maline, ne m'en veux pas. Je sais pas trop quoi te dire. Fais signe à la DRAC…

– OK.

– Et s'il te plaît, téléphone-moi régulièrement. C'est stressant de ne pas pouvoir te joindre.

– OK.

Elle disparaît dans le train.

Les jours s'enchaînent. Émeline passe davantage de temps à la cabane. Je pourrais lui laisser Lilia, je ne le fais pas. Non seulement je reste avec elles deux, mais la cabane accueille à l'occasion d'autres enfants de la ZAD ou des environs, leurs parents s'ils ont du temps, leurs jouets et leurs mondes imaginaires. Ernest, Ysé, Lily, voilà que je participe à un genre de crèche sauvage. Ça n'a rien d'une vocation subite : ces petites personnes habitent un univers répétitif qui les comble, et qui est souvent pénible pour nous, à la longue. La compagnie des autres adultes me rassure un peu : je n'en rencontre aucun qui ait un plaisir sincère à entendre pour la trois centième fois que Jojo est un poulpe tellement formidable. Je reste là auprès des gosses parce que je ne sais rien faire de mieux sur cette ZAD, et que je ne veux pas partir. Il faut bien avouer que, même si Jojo commence à me sortir par les yeux, je m'attache chaque jour un peu plus à Lilia. La vie très entrecoupée qui est celle des adultes en charge d'enfants a l'air de convenir à Émeline pour ce qui est des confidences : entre deux nez qui coulent, un Playmobil perdu et trois disputes, on est forcés de parler par bribes, et ça lui va bien. Pour moi ces échanges sont opaques et frustrants, mais je n'ai pas d'autre voie d'accès.

Au début, quand elle évoquait Christophe, je pensais qu'elle faisait des mystères de « zadiste » méfiante, à force de ne pas aller au fond des choses, de ne pas me dire clairement ce qu'il aimait faire, ce qu'il vivait avec sa fille, s'il lui semblait heureux ou non. Tout restait vague. Maintenant je me demande si le vague n'est pas une bonne façon de parler de lui. En suivant de loin en loin l'existence de Christophe, au rythme d'un coup de fil par an, j'ai pu avoir l'impression d'une suite de choix radicaux ; et pourtant, au quotidien, cela s'est peut-être fait par petites touches incertaines. J'avais laissé un jeune homme devenu taiseux avec des parents dont le monde se faisait chaque jour plus flou. Est-ce qu'à leur mort, il s'est ressaisi en affirmant des ruptures très fortes ? Deux enterrements, deux demi-journées avant de repartir au travail dans le réconfort de l'égoïsme créateur ne me permettent pas d'y voir clair. Peut-être qu'au contraire, ce flou est devenu son style. La ZAD sait aussi accueillir ce genre de personnes : tous ne sont pas des fonceurs appliquant de clairs concepts radicaux, ou des bâtisseurs comme Émeline, loin de là. Et pourtant, il l'a bien construite avec elle, cette cabane. Était-ce en suivant le mouvement qu'elle impulsait ? Ou bien encore autre chose ? Il faudrait que j'aille la voir bosser.

Une après-midi, j'en ai soudain la possibilité. Émeline est retournée sur un des chantiers de reconstruction. Sophie me donne quartier libre : elle peut rester seule avec Lilia et Ysé. Je ne sais pas si je dois le prendre comme un cadeau ou comme une façon de m'éloigner d'elle – les sentiments de Sophie restent opaques. Au départ, je profite de ce moment pour aller jouer : depuis quelques jours, Étienne et Jeanne me prêtent très gentiment une remise qu'ils viennent de rénover sans l'occuper encore. L'isolation est confortable, l'acoustique trop mate mais précise. Un peu de yoga, quelques vocalises pour assouplir ma gorge encore un peu fragile, et je plonge dans mes chansons. La colonne d'air s'ouvre. Les doigts retrouvent leurs marques réflexes sur le manche de la guitare. Au bout de quelques minutes, je suis sur mon plateau de plaisir, ce lieu que je ne cesse de rejoindre depuis des années, et qui justifie tout : des ondes de son, des vagues. La voix et l'instrument se répondent avec élasticité, tantôt synchrones, tantôt en écho. Un filet souple, coloré. J'y reste un bon moment, puis me prépare à plus de plaisir encore : la chair de poule. Le moment où ça crépite, où ça brûle. J'essaie d'abord par la puissance de l'attaque sur les cordes. Des fourmis s'agrègent dans le bas de mon dos. Elles attendent. J'augmente l'attaque. Elles attendent encore. Je force légèrement la voix. Elles frémissent. Je pousse encore, ça me fait un peu mal, je n'insiste pas. Je me concentre pleinement sur le sens des mots que j'articule. Paroles marquées au fer, pesées longuement avant d'être retenues pour leur pleine intensité, la foi dans leur puissance inaltérable. Ça frémit. Il faut décoller. Je force la voix une minute, deux trois, ça ne prend pas. J'ai mal. Les fourmis stagnent, puis commencent à se disperser. Je la veux trop, cette mise à feu. Je bouffe toute la place à la surprise. Bientôt le bas de mon dos est vide. Reste le plaisir du souffle, des vagues, mais il m'écœure bientôt. Jouer n'est qu'agréable, comme un massage ou un bain chaud. Ça n'est pas pour des sensations moyennes que je fais ce métier.

Je range la guitare dans son étui. Ce blocage m'agace et m'inquiète. Je ne devrais pas en être surpris, vu la situation très perturbée, et cela m'agace plus encore. Je sors, le Zoom en poche. Peut-être que les sons venus de l'extérieur m'inspireront davantage. Dans l'étable, c'est l'heure de la traite. Je m'approche. Jeanne est avec les bêtes. On se salue très cordialement. Loin de l'image d'Épinal – une dame sur un tabouret, un pot à lait sous les mamelles de la bête – elle utilise une machine à traire : comme de larges éprouvettes souples qui s'adaptent aux pis, agitées de mouvements pneumatiques aspirant le précieux liquide vers une cuve. C'est moins mignon que le pot à lait, mais Jeanne s'évite ainsi des tendinites à répétition, et les jets blancs qui remontent les tuyaux gardent quelque chose de vigoureux et de sauvage, comme si le robot avait des pulsions de jeune mammifère. Surtout, le bruit de succion et de pression alternées sonne génialement bien, comme une boîte à rythme à la fois obsessionnelle et un peu boiteuse, et je demande bientôt à Jeanne s'il est possible de l'enregistrer. Elle accepte avec un sourire vaguement indifférent. J'appuie sur « *record* », et puis au bout d'une bonne minute, sur « pause ». Voilà, c'est fait, je ne vais pas rester là trois ans non plus, Jeanne doit passer aux bêtes suivantes et la vie continue, on m'aime bien mais à quoi ça sert tout ça, jour après jour les sons s'accumulent dans le Zoom et me dépriment maintenant par leur quantité sans but. Ce stock ne remplace nullement le plaisir que j'ai à faire sortir des notes de ma gorge, et n'annule pas ma frustration quand ces notes me déplaisent.

Je ressors et marche au hasard, chargé d'une colère sourde. Quand est-ce que le plaisir de la musique devient une drogue ? Quand est-ce qu'il vous détourne du flux des choses et vous enferme dans des salles trop bien isolées ? Il vaudrait mieux travailler sa voix pour le dehors, comme le fait Alex avec son ton choisi, éraillé peut-être mais porté au quotidien comme l'étendard de l'invention de soi dans la vie même.

Mes pas me mènent au chantier d'Émeline. Le lieu a été baptisé « Jirest » par les premiers occupants, il y a trois ou quatre ans : un simple hangar au départ, devenu peu à peu une maison en paille, située en vis-à-vis de la vieille ferme de Jussy par rapport à la route. Jussy ressemble à « J'y suis » : presque logiquement, les nouveaux venus inventèrent « Jirest », ce qui en disait long sur leur ténacité. Les habitants de la ZAD adorent jouer avec les mots, s'appuyer ainsi sur le cadastre existant pour créer de nouveaux noms. Ça part dans tous les sens. À côté du Gros Caillou, deux yourtes se sont montées, d'abord Petit Genou puis Grand Hibou. Le lieu-dit « Les fosses noires » a créé « Les vraies rouges ». Une ancienne maison de maître est devenue « La villa mais d'ici ». La bibliothèque installée dans une fermette, non loin d'un silo à grains, est appelée « L'ivraie ». Les premiers jours, je souriais avec un peu de complaisance en découvrant ces jeux de mots qui me semblaient faciles, pas si éloignés des trouvailles de coiffeurs, les terribles Créa'tif, Capill'hair, etc. Maintenant que les paroles aristocratiques de mes chansons ne me comblent plus, j'en suis à jalouser cette inventivité qui, sous couvert de blague, donne à des espaces toujours menacés de destruction une vraie pérennité. Même détruit, Jirest demeure, Jirest est un mot, un bon mot dans les mémoires.

Les pelleteuses ont abattu ses murs en paille. Le hangar initial fait de poutres en métal, méchamment tordues dans l'assaut, est devenu inutilisable. Au lendemain de la bagarre, j'avais vu cette haute structure transformée en vulgaire assemblage de Carambar géants fondus au soleil. Je suis soufflé : non seulement les Carambar ont disparu – plusieurs tonnes désossées, triées, déplacées, tout cela en quelques jours – mais à leur place, s'élève maintenant le squelette d'une maison, ses arêtes en bois clair. Émeline caracole là-haut, dans le triangle qui supportera le toit, une trousse d'outils attachée à la ceinture. Elle est à son affaire. Les gestes sont sûrs, les déplacements souples. La communication avec les autres, au sol comme dans les airs, semble fluide et simple, de brèves paroles précises, quelques blagues. Elle n'a pas l'air particulièrement tyrannique ni soumise. En équilibre horizontal. Je fais tourner le Zoom pour capter ces appels et ces réponses. Sur la dizaine de personnes au travail, elles sont trois filles. Je n'en saurai pas plus pour aujourd'hui : bientôt la nuit tombe, le travail s'arrête. J'appuie sur pause. Émeline m'aperçoit.

– Tu t'es enfui de la cabane ?

– Sophie m'a donné mon après-midi.

– Un cadeau !

– Peut-être. Quel beau travail, dis donc.

– Merci.

– Vous avez avancé à toute vitesse…

– On s'en serait jamais sortis tout seuls. Si tu savais le nombre de gens de l'extérieur qui sont venus nous aider… Demain on va pouvoir commencer à poser les voliges. D'ici deux ou trois jours ça devrait être prêt pour la couverture. J'adore ce moment-là.

– Pourquoi ?

– Un toit, c'est un peu comme deux murs qui tombent l'un vers l'autre : à force de tomber ils se soutiennent pour toujours.

– Alors c'est le sommet qui porte tout ?

– Sur les petites charpentes, oui. Ici le toit fait plus de quatre mètres à la base, alors on donne un coup de main au faîtage.

– Au quoi ?

– Au sommet, comme tu dis. Tu vois le triangle ?

– Oui.

– Tu vois la poutre verticale au milieu ?

– C'est elle qui donne le coup de main ?

– Oui, et aussi les bras de soutien qui partent d'elle en diagonale, et qui vont soutenir les deux pans du toit par le milieu. Ça s'appelle des contrefiches. J'en ai pas posé souvent. En général je travaille sur des charpentes plus petites. La première fois, c'était sur un chantier de rénovation en Haute-Saône, là où j'ai rencontré Goku, d'ailleurs.

– Ah OK.

– Ouais.

– Ça lui plaisait, la charpente, alors.

Elle tressaute.

– Pourquoi « plaisait » ?

– Pardon ?

– T'as dit « ça lui plaisait », il est pas mort, que je sache.

Je tressaute à mon tour. Et bien plus que ça : dans le tremblement, la surface s'effondre et libère de la lave.

– Vous me saoulez !

– Mais toi aussi tu me saoules ! Il est mort ou pas ?

– J'en sais rien, putain, et c'est tout le problème ! Alors si vous pouviez m'épargner les dix commandements par-dessus le marché, ça me ferait des vacances ! Le vrai nom c'est interdit, il ou elle c'est interdit, zadiste pareil, l'argent pareil, et maintenant même le passé j'ai plus le droit ? Y'a tellement de trucs défendus ici que – tu sais quoi ? – parfois je me dis le bon zadiste c'est le zadiste disparu ! Hop, sans laisser de traces, ni vivant ni mort, plus rien, plus de mots, puisque les mots c'est tous des pièges !

Son visage se fissure.

– Comment tu peux dire des trucs pareils ?

– Mais justement je sais plus comment dire, ni quoi ! Qu'est-ce qu'on a encore le droit de se raconter, sans passé, sans prénom ni rien ? Goku kiffer charpente ? Pas-Christophe mourir-vivre ?

En furie, je tourne les talons.

– Maxime, attends !

– Moi c'est Naram Sin ! Et toi, ta gueule !

Goku lutter Xelle, Goku mourir-vivre, zombie manger-bouger, cinq fruits et légumes et le beurre à prix libre et le cul de la crémière, je t'en foutrai, moi, de la charpente sans passé et du Pas-Christophe à la pelle, vous allez voir ce que c'est qu'un Naram Sin qu'on muselle, ça va vous péter à la gueule comme les cinq cent mille sirènes des premiers mercredis du mois, ça va vous remonter des armées de fourmis rouges depuis tous les couloirs du métro là au fin fond de la Meurthe-et-Moselle et alors le Grand Concert ce sera beau !

Non mais c'est quoi ce Sinaï de merde où Tu ne parleras pas au passé où Tu ne t'en laveras plus jamais les mains où Tu seras Xelle parmi les Xelles dans la zone humide et point final ? Si mon Pas-Christophe est un zombie qu'au moins il bouge ! Qu'au moins il joue sur des carcasses de Clio ! Qu'au moins il danse l'infinitif à prix libre ! Oui c'est ça Goku danser carcasse pour toujours ! Goku mange-disque à la pêche aux moules, moules, moules ! Goku valser mille temps à Vesoul à Vierzon à Saint-Pierre à pierre fendre !

Qui a piqué les piles ? Le poulpe éteint reste un poulpe, et Dieu sait qu'on peut jouer avec. Qu'on me le retourne, ça fera une anémone pour voter à prix libre, et même les branches d'un hêtre vu de loin où deux petits garçons se clouent des cabanes pour toujours, mettez-moi ça sous cloche avec un peu de neige, du brouillard plutôt, de la lacrymo, ça vous fera un souvenir !

Ils sont gonflés à bloc, les souvenirs, un véritable assaut, et je serai l'assaut, la ZAD et les robocops, les deux camps et les cinq fruits et légumes et les Dix Commandements, Naram Sin chanter tous les temps tous les modes et tous les genres, c'est du passé n'en jetez plus *I will survive*, Naram Sin bouffer à tous les râteliers, allô la Grande Pute à prix libre ? C'est moi.

Chanter-hurler tous les temps tous les modes, donnez-moi des Non et des X et des courriers d'huissiers je m'en ferai un slalom à ski, virages serrés, le chant qui passe les portes à la vitesse du son, à la bonne fréquence, vous êtes bien sur Radio Xelle, en direct, en dehors, ce sera le Grand Concert de plein air, Naram Sin chanter plein chant, Naram Sin tout et son contraire, branché sur le compost et l'uranium, l'État central et les fourmis rouges, ça en fait du monde !

Et si la grenouille explose, que ce soit en couleurs ! Feu d'artifice ! Estomac bleu ! Poumons rouges ! Foie jaune ! Intestins verts ! Et le cœur ? Le cœur éclater spécial : oh la belle blanche, bordel !

Aucune envie de retourner dormir près de la cabane après une dispute pareille. Je suis revenu vers le Qashqai, mais je l'ai laissé garé chez Jeanne et Étienne. Dormir ? C'est un bien grand mot. Je charrie les pensées comme les galets d'un torrent, Goku lutter Xelle, Goku valser mille temps, et quand enfin mes paupières tombent d'elles-mêmes je bascule dans un mauvais rêve de trois secondes qui me réveille en sursaut et embraye sur les pensées-galets, avant de sombrer à nouveau, d'émerger encore, comme ça des heures.

Au matin, je vais quémander un café à la ferme. On dirait qu'Alex a eu la même idée que moi, déjà dans la cuisine, face à une tasse encore vide. Étienne s'affaire autour d'un percolateur d'où monte une odeur délicieuse. La sensation de réconfort est immédiate. Il nous regarde tous les deux :

– On n'attire pas les mouches avec du vinaigre, dites donc.

Je ne trouve rien à répliquer, Alex non plus, juste un sourire à la fois amusé et plein de gratitude, un sourire bouleversant.

Étienne n'insiste pas, il nous sert sans plus rien dire. Le silence n'est pas gênant, comme si le café et l'amitié suffisaient ce matin à combler l'espace qui nous sépare. Il finit par se tourner vers Alex :

– Ça va aller ?

– Je sais pas. On essaye. Tu veux venir, Maxime ?

– Je vous emmène, si vous voulez.

Le Qashqai retrouve la route de la Martinval. À côté de moi, Alex inspire par grandes goulées. Moi non plus, je ne suis pas revenu depuis l'incendie, et quand le lieu-dit surgit au sortir du dernier virage, je crois halluciner : c'est encore plus avancé que le chantier d'hier. Un peu derrière les imposants décombres de la maison brûlée se dresse là aussi le squelette d'une nouvelle maison, mais ici, la toiture a même commencé d'être posée. Quand nous sortons du Qashqai, je n'ose pas regarder Alex.

Nous déambulons entre les solides poteaux fichés en terre. La sensation est étrange de sentir l'abri futur, et d'être encore totalement dehors. Les rectangles de bois qui font l'ossature des murs à venir ressemblent à de gigantesques cadres de tableaux. Ici le feu ne peut pas l'emporter contre l'eau et ce qu'elle nourrit de vies multiples. La végétation qui bordait immédiatement la maison brûlée a été touchée par les flammes, mais dans un second cercle, l'entêtement gracieux des grands arbres semble invincible, leur vitalité foisonnante alors même qu'ils se dénudent de leurs feuilles, cent fois aptes à encaisser ce moment de l'année où la lumière et l'ombre se disputent les vingt-quatre heures quotidiennes à parts égales, puis la domination de la nuit sur toutes choses. J'oublie la comparaison défavorable avec cette garrigue que j'aime tant, et qui a joué si fort dans mon implantation au Sud.

L'omniprésence de l'eau n'est plus cette perpétuelle agression humide mais une manne, qu'elle engendre le lichen, les moisissures, les microbes, les champignons ou ces énormes corps de bois dont certains feront un jour des charpentes. C'est long de commencer à sentir à quel point un désert peut être peuplé.

– Maxime ! Viens voir !

C'est la voix d'Alex. Je ne l'avais pas vu-e s'éloigner vers les décombres. Je reconnais la tôle ondulée qui abritait les briques de la pluie. Visiblement, elle les a aussi protégées de l'effondrement du préau mangé par le feu. Et plus que cela. Alex me parle avec des larmes plein la barbe, et un sourire mélangé :

– Les GM, ils nous ont fait le coup de Pompéi…

– De quoi ?

– Les briques ont cuit dans l'incendie !

– Sans déconner…

– Je te jure.

– On va pouvoir reconstruire en dur, alors.

– Ben j'en sais rien, je m'y connais pas du tout en briques cuites.

Alex reste les yeux dans le vague un moment, puis me regarde maintenant avec un sourire tout à fait franc, se lève, et m'embrasse, je veux dire : ses lèvres à mes lèvres, délicatement, longuement. Je suis tellement ému et surpris que j'oublie de me demander si ça me plaît.

J'ai dû m'endormir le casque sur les oreilles, dans le Qashqai. Hier soir, l'ordinateur de Christophe m'a révélé un puits sans fond. Mon frère a utilisé à plein les ciseaux et la colle des DJ, transformant la masse de chansons dans sa playlist, que compositeurs et interprètes s'étaient évertués à rendre compactes et finies, en immense bibliothèque de confettis classés avec méthode, dont chaque élément était prêt à rencontrer les autres : mille et mille petits bouts de guitare, de basse, de batterie, d'orgues divers et variés, de piano électrique, de piano tout court, mille et mille motifs de cuivres et anches, parfois deux notes, parfois dix, parfois un seul instrument, parfois toute une section, et encore : un vrai répertoire de voix découpées dans je ne sais quels refrains, couplets, longues tirades d'introduction ou simples souffles entre deux mots. Le vertige m'a saisi. Je connaissais ces outils de découpe, aussi bien par les copains DJ que par les ingénieurs du son en studio. Le temps nécessaire à la constitution d'une telle somme me semblait extraordinaire. Et puis il y avait autre chose, que je ne faisais encore qu'approcher.

Christophe n'avait pas seulement éclaté la musique des autres, mais produit des collages à partir du résultat. Quelques-uns étaient gardés en mémoire. J'ai appuyé sur *Play* sans trop me demander si je tremblais. Il y avait de tout : des pièces de quelques secondes – peut-être de simples aide-mémoires ou des tentatives interrompues par le reste de la vie –, mais aussi de vraies compositions où tout Christophe me revenait : à la fois métronomiques et bestiales, chargées de plaisir sauvage, ménageant des montées, des paliers et des plages de pure jouissance. Entre les deux, je découvrais aussi des essais d'une ou deux minutes, recherches prometteuses ou impasses. Pas plus d'une vingtaine de fichiers au total. Christophe avait davantage utilisé ses confettis pour mixer en direct, plutôt que pour faire œuvre.

Alors j'ai prélevé, moi aussi, des éclats de cette mosaïque, et j'ai commencé à les rapprocher. Je ne savais pas bien caler tous les extraits entre eux, et ce que j'entendais ressemblait à un ignoble orchestre de robots ivres. Pourtant je retrouvais déjà la pâte sonore de ses collages et le vertige m'a repris. Les musiciens que j'appelais du bout des doigts n'étaient plus là, ils ne s'étaient pour la plupart jamais rencontrés, et voilà que cet impossible orchestre m'évoquait Christophe comme si je le tenais là, plein et entier. Avec une bande d'absents réduits en pièces, je pouvais le faire revenir : *play*.

Cette espèce d'évocation a pris un tour plus étrange encore. On pouvait passer les confettis à travers une multitude d'effets : modulation des graves et des aigus, réverbération, écho, distorsion… À partir d'un petit son de guitare ou de clavier, on obtenait alors quelque chose d'énorme, de sali ou de démultiplié à l'infini. L'un des effets, appelé *reverse*, permettait de jouer une séquence à l'envers. Je connaissais ce vieux truc dont les Beatles ou Hendrix usaient et abusaient déjà. La connotation psychédélique du résultat me semblant datée, je n'y avais jamais prêté beaucoup d'attention. En l'appliquant aux confettis de Christophe, je réalisai soudain sa force. Inverser une séquence allait beaucoup plus loin que jouer la mélodie dans l'autre sens : ça n'était pas seulement *do-mi-sol* qui devenait *sol-mi-do*, mais toute l'enveloppe du signal qui se voyait retournée comme un gant, les attaques du *do*, du *mi*, du *sol* venaient maintenant refermer les sons de façon abrupte, et la traînée finale de chaque note se transformait à son tour en longue attaque. Impossible de jouer comme ça depuis les seuls instruments de départ : bien au-delà d'un simple rembobinage, inverser une séquence révélait tout un matériau totalement nouveau. L'effet *reverse* créait du son. Appliqué à mon orchestre de fantômes en miettes, cela donnait un voyage dans le temps qui n'avait rien de poussiéreux, encore moins de mélancolique, plutôt une tangente vers des zones inaperçues, bizarres mais totalement hypnotiques.

J'ai perdu le fil des heures dans ce jeu de table tournante. On ferme souvent les yeux pour mieux écouter. À un certain point, l'écoute a dû se transformer en rêve.

Des tambourinements me réveillent, quoi, Lilia ? Non, une force d'adulte, ouvrir les yeux, buée sur les vitres, frotter les vitres, Sophie ?

Elle a l'air surexcitée. J'ouvre la porte.

– J'ai trouvé !

Derrière elle, le moteur d'une camionnette blanche tourne.

– T'as trouvé quoi ?

– Les sirènes !

Je la suis, hagard. Elle ouvre le coffre. Un fouillis de câbles et de gros entonnoirs plus ou moins ronds ou plats encombre l'arrière du véhicule. J'ai peine à me réjouir autant qu'elle, mais je m'efforce de faire bonne figure.

– T'es allée où ?

– À l'Emmaüs de Nancy ! T'aurais vu comme ils étaient ravis de s'en débarrasser !

– J'imagine… Tu veux de l'aide pour les installer ?

– C'est trop gentil !

– De rien… Par contre, je peux te demander un petit truc en échange ?

– Vas-y…

– Je pourrais enregistrer les sons ?

– Bien sûr !

Elle me regarde, je suis dans le gaz, pas rasé, puant, une zone humide à moi tout seul.

– Et moi, je pourrais te demander un petit truc, en échange ?

– Euh, oui.

Elle s'approche et m'embrasse, je veux dire : sur la bouche. D'un coup Z-6PO se réveille, le *Faucon Millenium* passe en vitesse lumière, vous vous êtes donné le mot ou quoi ? Les baisers c'est tout ou rien sur la ZAD ? Sa peau sent la pomme et le feu, je quitte sa bouche et plaque mon front contre le sien, puis je reviens à sa bouche dans l'espoir de rencontrer sa langue, elle reste fermée, j'insiste un peu, elle appuie plus fort ses lèvres sur les miennes, sans les ouvrir, comme si sa langue était un silex qui allume trop de feux pour s'offrir là tout de suite, elle se recule, montre des dents joyeuses et carnassières, prend mes mains, lâche mes mains.

– On commence par Borne blanche ? Demain 8 heures ?

Je suis paumé, c'est un rêve ? Maxime dormir l'amour ? Je réponds beaucoup trop lentement :

– Demain 8 heures. Sans faute.

Elle éclate de rire, monte dans sa camionnette et démarre.

– Allô, Malika ?

– Putain, Maxime, c'est pas dommage !

– Je suis désolé.

– Ça fait plus d'un mois que t'es désolé !

– Je suis…

– Arrête ! Maxime, on fait quoi, maintenant ? La DRAC commence à flipper à force que je dise que tu vas rappeler, il y a cinq ou six scènes nationales qui se posent des questions et Carole Boinet est fâchée à mort, qu'est-ce que tu t'imagines ? Je suis ton administratrice, moi, pas Captain Marvel !

– Malika, tu fais un travail formidable. C'est juste que…

Les mots me manquent.

– Que quoi ?

– Ben… Je me demande si chanter c'est bien le moment… Tu vois ?

– Si c'est bien le moment ? On vient de finir une tournée de trente dates *sold out*, l'album se vend bien en pleine crise du disque, on a un conventionnement sur cinq ans avec la région Occitanie, trois intermittences à boucler, une asso de cinq salariés et deux services civiques, et tu te demandes si c'est le moment de chanter ? Tu veux que je pète les plombs, Maxime ? Tu veux que je rende mon tablier ?

Je ne sais pas quoi dire. Mon cœur bat à trois cents.

– Euh Malika…

– Quoi ?!?

– Tu sais que je deviens pas mauvais, comme DJ ? Peut-être que…

– Hein ? Tu déconnes ?

– Oui.

– Maxime, t'as bu ou quoi ?

– Oui.

30 octobre au petit matin, la route des chicanes. Bien sûr qu'on a installé une sirène, c'est un des trois points d'entrée stratégiques vers la zone, il fallait commencer par là, Denis n'aurait jamais laissé faire autre chose. La sirène monte vers les aigus, à son apogée elle est en *mi, miiiiiiiiiiiiiiiiiiiiiii*, alors tout le monde sur le pont, boucliers, raquettes, sacs de bouteilles en verre, vélos de guerre, dents serrées, lèvres retroussées. Dix tracteurs s'avancent, les gars ont à peine eu le temps de se jeter dans leurs frocs sans même boire un café, mais les réflexes sont là. Tout semble barricadé ; pourtant les GM débarquent avec trois blindés, une grue et dix fourgons, en une heure à peine ils passent. Il est tout juste 6 heures. Le jour tarde à venir, le ciel scintille, clair comme une expulsion. Tombois et le Grand Hibou cèdent en quelques minutes. Petit Genou est menacé. Quinze tracteurs se positionnent. Ça ralentit. La grue est peu maniable. Les paysans pleurent de voir leurs outils de travail massacrés par les engins de l'État.

Petit Genou cède. Les copains en noir, masqués jusqu'aux yeux, canardent les robocops et retardent sérieusement leurs avancées ; sans plus. La sirène retentit à la Hutterie, monte jusqu'au *fa, faaaaaaaaaaaaa,* dix fourgons et un blindé. Sept ou huit tracteurs font face, sur les deux entrées. Les GM la veulent, cette ferme. Peut-être que la fois d'avant, ils venaient de Toulouse et cette fois de Caen mais qu'importe, la préfecture est la même, ça va y aller les gaz au poivre et les véhicules à chenille, les sommations et les charges. Bientôt la Hutterie cède, morte, une vieille ferme qu'on abat, la famille entière d'Étienne n'y peut rien, Barbara ne se souvient plus de rien. Il est à peine 7 heures, le ciel est scintillant, clair comme une expulsion. La trêve hivernale commence après-demain, il y a fort à faire. La nuit se taille toute une moitié du jour et on est en train de se faire laminer la gueule. Le soir, on a perdu plus de dix lieux, anciens et nouveaux, évacués, défoncés, par terre. Les tracteurs cette fois trop éparpillés ne bloquent personne et le moral des troupes tombe très en dessous de l'accablement. Le soir, même le discours de Denis ne galvanise plus personne.

Le 31 à la Martinval, on rassemble les forces dès l'aube. Des sacs de bouteilles en verre, des cocktails au nom russe, des pierres, des boucliers, des raquettes, cinq tracteurs, et deux choses qui font la différence : l'orgueil d'une charpente rebâtie, un séchoir entier de briques durcies au feu. Kyllian tourne comme un lion en cage. Alex pleure et ricane d'une minute à l'autre. Quand ses dents se montrent, est-ce bonheur fugace, rire nerveux, morsure à venir ? On entend les roues des blindés, ils n'ont jamais avancé si lentement, comme par un fait exprès, comme pour éprouver nos nerfs. On se rassure : peut-être que le voile de brume y est pour quelque chose.

Les voilà. Pluie de bouteilles vides. En face ça râle, ça jure, il fait froid et humide et les robocops ont déjà une lourde journée dans les pattes. On fait péter un cocktail, pour marquer le territoire. Venez voir, pour voir. Le petit tracteur vieux se fait balayer par le blindé bleu marine, comme on s'y attendait ; c'est un piège si grossier qu'on ne pensait pas les GM assez bêtes pour y tomber : voilà le blindé encadré par un couple de tracteurs beaucoup plus gros et puissants, il suffit de deux marches arrière, Étienne et Robert, et le blindé se retrouve coincé pour un moment. Alex, les quatre autres de la Martinval, Kyllian et tout ce qu'il y a de bras, de cerveaux bouillonnants et de muscles à vif commencent à vider le stock de briques. En lieu et place des bouteilles vides, les GM se prennent des pavés de terre, et je vous annonce qu'ils ont été cuits par votre dernier passage, messieurs. Enfin, je vous annonce, c'est beaucoup dire, parce que tout cela, je le vis à distance, tremblant, casque de chantier sur les oreilles, masque à gaz pendouillant comme un groin obscène, de derrière la haie de frênes. Planqué comme le dernier des lapins blancs, trop lâche pour la vie. Tout ce dont je suis capable, c'est d'enregistrer ces sons de guerre, le Zoom enroulé dans du papier bulle, comme si ça pouvait le protéger de quoi que ce soit en cas d'explosion. D'ici je vois les jets de briques, leurs courbes, leurs impacts, les ratés et les pleins dans le mille. Pour un peu j'applaudirais quand c'est mille, si la peur n'était pas la plus forte.

Il y a beaucoup de briques. Ça canarde un moment. Les ellipses sont belles, amples ou courtes, rapides. Le voile de brume s'épaissit, rendant les tracés plus suggérés, les impacts aveugles. À un moment, il faut bien que ça riposte. Alors Lapin flippé, c'est-à-dire moi, assiste aux jets de lacrymos.

D'abord laconiques, imprécis. Bientôt abondants et beaucoup plus ciblés. Maintenant totalement délirants. Cloches, traits, jets. Les cinq de la Martinval et tous les autres se font flous. J'entends leurs toux malgré le casque sur mes oreilles. Des quintes, des crises. Encore des briques. Encore des grenades.

Et puis dans le gris-jaune des lacrymos, un soulèvement. Des pieds quittant le sol, une jupe au vent, une barbe, ce noir du tissu et du poil qui tranche avec le fond de l'air, alors même qu'une nouvelle brique entre rouge et brun décolle, arme locale, moyen du bord. La main de mon frère a peut-être laissé une trace durcie dans cette brique, qui s'envole vers un bouclier transparent, un crâne coiffé d'un casque en plastique dur. Goku absent, Alex soulevé-e, Alex bientôt cloué-e au sol. Quelque chose en moi découpe cet envol et cette chute en série d'instants étanches, me laissant croire que je peux m'introduire dans le temps et faire quelque chose, me donnant un surcroît de force, un début de courage. La chute ralentit encore et encore et mon élan s'accélère. Bientôt je suis au chevet d'Alex, là au milieu de la boue, ce lit d'hôpital que fait notre tendresse et ce champ de bataille insupportable. Alors mon amour est infini et mes lèvres se retroussent ; alors le poil se hérisse ; alors Gandhi lui-même se ferait loup-garou, et le plus fuyant des chevreuils se dresserait comme un orque au jour du Jugement ; alors je plonge les mains vers les briques marquées des mains de mon frère, et j'envoie les traces des mains de mon frère vers ceux après qui mon frère a disparu.

Combien ? Quarante ? Cent ? Trois cents ? J'aimerais qu'il y ait infiniment de briques cuites par le feu de l'assaut précédent, et que cette vengeance s'étire. Il pourrait bien pleuvoir des grenouilles et des sauterelles, il pourrait bien sonner des trompettes fracassant les nuages, j'aurais le sentiment de faire quelque chose de tout à fait pur. Envoyer des briques contre des boucliers, des plastrons, des casques et des jambières n'a jamais été aussi bleu, aussi irréprochable. Les gestes sont suspendus, à la fois précis et dilatés, tortues et lièvres, fables sans morale. Canarder, c'est tout. Pour l'heure suivante, le mois d'après, la vieillesse et la mort, on verra bien. Une chaîne coulée dans un acier très vieux me relie aux quatre de la Martinval qui se tiennent encore debout ; Alex a l'air de dormir, son sourire saigne un peu. Une voix très sûre, dans ma tête, me dit maintenant de l'évacuer sans trop d'inquiétude. Les grenades sifflent. Elles diffusent leurs panaches avec des *mi*, des *do*, des *sol* dièse. Une fugue. Dix portées sur le score. Continuer.

Et puis celle-ci, qui me tombe entre les pieds. Maintenant cette seconde se découpe en cent. La fumée, le poivre malgré le masque, une toux irrépressible, cela m'arrive par lamelles de temps fines comme du papier à cigarettes ; entre chaque fragment, la sensation que je peux agir, m'élever, changer de latitude, fuir par voie de mer ; et puis non. Ça va trop vite. La grenade explose. Entre mes pieds. Entre mes oreilles. Dans le cerveau, au milieu du cerveau, à la place du cerveau. Un bruit tellement fort qu'il s'invente un poids, une masse écrasante.

L'explosion se termine. Même laminée cent fois par le cerveau en état d'urgence, il faut bien qu'elle s'achève. Le *sol* prend la relève. La note. *Do, ré, mi, fa ? Sol. Soooooooooooooooool.* Un beau *sol* de milieu de manche, une harmonique dans ma tête, un son sans instrument et qui pourtant n'a jamais été aussi concret, puissant, assourdissant. *Sooooooooooooooooool,* un acouphène monstrueux, la trace de l'explosion, sa blessure, et ce voile devant mes yeux. Bien plus épais que cette brume de matinée dans le Grand Est, plus granuleux, un voile de flocons d'avoine, blanc, épais. *Sol* dans mes oreilles, du porridge à mes yeux. *Sol, sooooooooooool,* infiniment *sol,* se dresser, personne ou presque, des obstacles à mes pieds, les amis dans le porridge, le décor, la Martinval, une silhouette floue, une carcasse de bois, sortir de là, étouffer de son à mes oreilles de porridge à mes yeux, se débattre, banquise molle, où est le trou ? Comment trouver l'issue, le hublot, le passage du col ? Debout, marcher ça, je peux, *soooooooooool,* hurler je peux aussi, hurler en *sooooooooooool,* Alex, Alex ?

Non, c'est Christophe.

Ah tiens. Salut. Un revenant, comme on dit.

On t'a un peu cherché ces derniers temps, alors, ça fait quoi d'être un fantôme ? La douleur ? Le purgatoire ? Enfin le soulagement ? Plus de nom, plus de surnom, plus de genre, plus de famille, plus de responsabilités flippantes, ni temps ni lieu, Camille parfait, tourisme idéal dans une Afrique de stars, la bombe avec Fela, Elvis, Bob Marley, et pourquoi pas Marilyn ? Et tous les saints de la Toussaint tant qu'on y est, et tous les zombies d'Halloween, et la cohorte des dix mille disparus, pour le plaisir d'un bon bain de foule ?

Sooooooooooooool. T'as déjà été plus épais mon *brother,* mais ça te va bien cette moustache, à la mode Mallarmé. Sérieux, ça aurait plu à maman.

On est à l'infirmerie de fortune, on me parle, des lèvres bougent, des mots que je n'entends pas, *soooooooooooool*, je suis épouvanté, où est Alex ? Où est Christophe ? Je me lève et on me rassied, doucement mais avec obstination, Alex ? Je demande trop fort sans doute, je vois les autres plaquer les mains sur leurs oreilles, tais-toi, assieds-toi, désolé, ça fait un mois que je suis désolé.

La ZAD s'est défendue d'elle-même. Sans armes, seulement du brouillard, mais alors à couper au couteau. On était en train de se prendre une énorme dérouillée, et voilà que la brume jusqu'alors clairsemée s'est d'un coup épaissie. Technique de zone humide : l'eau qui gorge tout est remontée au-dessus du sol et s'est suspendue là, dans l'air, bien plus étendue que toutes les nappes de lacrymos jamais réunies. Un drap gigantesque. Rien à faire, malgré les plus puissants projecteurs sur les blindés, qui se réverbéraient dans le blanc et aveuglaient les troupes comme des soleils maladroits. Alors, d'abord sans trop y croire, on a entendu refluer le bruit des bottes. La préfecture a fait machine arrière. Visibilité nulle. Trop dangereux, pour eux comme pour nos hommes, monsieur le ministre. On compte plusieurs traumas crâniens dans nos rangs, et l'un des leurs a déjà perdu un œil. Le risque est grand d'une escalade. Il y a des antécédents, comme vous le savez. En effet, madame la préfète. Attendons le printemps ? Attendons le printemps.

Est-ce une victoire ? L'œil perdu appartenait à Thomas. Flash-Ball. Pendant que ça chauffait à la Martinval, le Grand Hibou était également menacé. Thomas s'y trouvait. Il n'était pas le seul. Quand le brouillard est tombé, la balle en caoutchouc lui avait déjà arraché l'œil. Colère et dégoût sur la ZAD. Manifs de soutien dans toute la France. Le scandale fait le tour des médias et relance le débat sur l'armement des forces de l'ordre jusque dans la presse étrangère. Quelque chose de massif est très près d'exploser. Au printemps ?

Est-ce une victoire ? Des champs entiers jonchés de grenades, des tracteurs détruits, dix lieux à reconstruire. Alex est sur pied, mais des sensations d'étourdissement perdurent, rendez-vous est pris pour une IRM. Quant à moi, l'acouphène a reculé, pas disparu. Il peut débarquer d'une seconde à l'autre, quand je chante, quand on m'embrasse sur la bouche et que tout pourrait partir en feu d'artifice, quand je porte Lilia sur mes épaules. Je ne me plains pas, ni Alex, ni personne.

Une victoire, sans doute pas, mais un répit bienvenu, et la fierté collective d'avoir voulu tenir la zone en bonne intelligence.

Émeline est blême et ne dit rien. Elle s'implique de très près dans la commission qui engage une procédure judiciaire contre la gendarmerie. Personne ne lui demande si elle pense à Goku comme à un œil arraché. Elle et moi oublions la dispute. Faire avec, faire sans, ce sont les verbes qui nous restent, ils ne sont pas au passé. Avec et sans, ces deux mots devraient s'opposer, pourtant autour de Christophe, de Goku, nous devons les bricoler ensemble.

Quand Thomas rentre, le visage bandé, on le laisse se reposer. Au bout d'une semaine, en pleine AG, il nous demande si on compte garder cette tête d'enterrement jusqu'à la fin de l'hiver, parce que ça n'est pas la meilleure manière de favoriser la cicatrisation. Il propose une fête. Cinquante anémones se dressent d'un coup. On m'encourage à y jouer. J'accepte, mais je ne dis pas tout.

Il y a une poussière terrible dans cette pièce. Heureusement, comme Christophe a tout emballé avec soin, le matériel est intact.

– Qu'est-ce que tu stockes, ici, à part son bordel ?

– Les compléments alimentaires pour les vaches. Bien au sec.

Je ne touche pas aux cartons de vinyles, ni à la platine : il y aura largement de quoi faire demain soir avec la playlist du gros ordi. Ce sont les enceintes qui m'intéressent. Étienne m'aide à enlever les bâches qui les entourent, maintenues par des tendeurs. Qu'est-ce que c'est, ces machins-là ? Je ne vois aucun logo. Deux baffles satellites et un caisson de basses. Les éléments électroniques sont tous de marques différentes, du haut de gamme, le meilleur pour chaque partie. Le bois a été peint à la main. Christophe, mon frère chéri, si longtemps et si volontairement handicapé du bricolage, a construit ses propres enceintes.

Il faut les tester. La seule prise de la pièce est heureusement accessible, mais dans un coin. Étienne considère la distance :

– Je vais chercher une rallonge ?

Je suis trop impatient.

– Pas la peine, on va les déplacer.

Les petits baffles ne posent pas problème. Peut-être cinq kilos chacun. C'est par le caisson de basses que l'alimentation arrive. Il est beaucoup plus imposant. Christophe a prévu des poignées. Étienne saisit un côté, je tends la main vers l'autre, prêt à l'effort, je referme les doigts sur le métal, en avant. Dans mon bras monte une décharge brève et définitive. Sa main : je viens de lui serrer la main, comme un drap blanc, une poigne d'air, pourtant pleine d'amour, je soulève, c'est très lourd. La chair des doigts blanchit, la pression monte dans le poignet, le biceps, l'épaule, la nuque, et voilà que ça repart, *soooooooooooooooooooool*, il a vu trop grand mon frère, du bois massif, du chêne, il a voulu se bâtir une charpente et puis il s'est dit je n'ai pas les épaules, parfois ça pèse trop, les enceintes et la vie, *soooooooooooooooooooool*, on essaie et puis on s'effondre, alors on tire sa révérence, on se barre pour l'Afrique ou pour les Enfers, on rentre dans la lampe à huile et plus personne ne sait comment frotter pour vous faire sortir, le coin de la pièce approche, Étienne a bien ménagé son effort et moi j'ahane, je piétine, je manque de tout lâcher, là entre les gros sacs de grains, mais non, je tiens bon, on ne peut pas faire ça à un ami, on ne peut pas faire ça à un frère, à la fille qu'on aime, à la fille qu'on a faite, *soooooooooooooooooooool*, on y est, on va poser, et merde ! Moi aussi j'ai lâché trop tôt, un bruit de mauvais augure, tout détruire ? Tout envoyer chier ? *Soooooooooooooooooooool*, j'éclate en sanglots.

– Tu t'es fait mal ?

– …

– Maxime, ça va ?

– Non, putain, non !

Sous le hangar de Borne blanche, Étienne regarde les tréteaux qu'on a dressés en guise de scène, et s'étonne de ne pas y voir ma guitare. Je ne lui réponds rien. Pour l'instant, derrière le bruit des voix, on n'entend que les pales de l'éolienne, derrière le hangar. Quand dix minutes plus tard, une guitare perce enfin, et avec elle, les premiers sifflements du public, Étienne sourit et fronce les sourcils : ça n'est pas la mienne. C'est celle de *Cold Sweat*, la chanson de James Brown. Ce soir, on n'entendra pas une seule note de Naram Sin. J'ajoute progressivement la caisse claire de Tony Allen, le batteur de Fela. Les bras se mettent en mouvement autour des bustes, les pieds restent encore trop fixes. J'attends un peu, je laisse planer un doute. Est-ce que ça va décoller pour de bon ? Est-ce que ça va juste rester gentil ? Alors j'envoie simultanément la basse de Tina Weymouth et la section de cuivres de l'Orchestre Poly-Rythmo : les danseurs partent en torche, d'un coup.

Cent musiciens d'Afrique et d'Amérique vont se donner le relais, et le temps se suspendre. Je vois les sourires, la sueur, la poussière du hangar qui vole comme un pollen heureux, et colle bientôt aux chaussures, aux nuques, aux joues. Je sens chez les danseurs tout le bonheur qu'il y a à plonger dans la musique, dans cette musique, la playlist de Goku qu'ils retrouvent, sortie de son clavier rougeoyant, répercutée jusque dans ses enceintes. Leur surprise de réentendre ces sons marque un temps les visages, comme s'ils cherchaient mon frère dans la pièce, et puis l'euphorie est trop forte pour chercher qui que ce soit. Je leur donne ce bonheur très volontiers, je le partage, dansant moi aussi sur les tréteaux, sautant parfois au sol pour enlacer Sophie, Alex, Émeline, Lilia et ses petits amis qu'on ne couchera pas de sitôt, et bien d'autres encore, la foule, la ZAD, les copains des alentours, la fête plus large que l'amour, tandis que le mix tourne tout seul. Puis je remonte, intensifie le tir, crée des trous d'air, de fausses pauses, des montées lentes ou soudaines, des silences, des retours de flamme.

On pourrait s'en tenir là : évoquer Goku dans la joie. Peu à peu, je fais monter d'autres sons dans le mix. Ils restent longtemps imperceptibles, trop faibles, ou fondus dans le décor. Le vent dans les arbres complète l'orgue Hammond. La tronçonneuse au loin est à peine plus grasse que le saxophone baryton. Le rythme des aspirations pneumatiques rejoint celui de Tony Allen. Quand le chœur de Maceo Parker engendre d'autres voix, quelques regards étonnés se tournent vers moi. Ces voix sont étrangement décalées dans le temps, comme si elles ne se souciaient pas de la régularité implacable qui fait toute l'hypnose du moment, et pourtant, elles sonnent familières. Voix au travail, voix de charpentiers dans les hauteurs. Je les fais bientôt disparaître. On replonge dans les fleuves électriques, Sénégal, Mississippi, Mali.

J'attends un bon moment. La nuit qui dispute la surface du globe à parts égales avec le jour semble avoir gagné la manche, et ce sont ses forces de folie qui emportent tout, plus loin que la lumière extatique au midi de l'été. On a les racines gorgées des châtaigniers adultes, les élans des cerfs. Des fils invisibles et innombrables déploient notre surface d'échange, mycélium entre tout ce qui vit ici. La musique n'est là que pour ouvrir les vannes ; l'eau sort de nos corps. Elle ne s'en prive pas. Le lait parfois. Il y a du lait qui pulse, mammifère et pneumatique. J'augmente sa présence. Il pulse avec Tony Allen, Maceo Parker et les voix du Super Mama Djombo. Il pulse du clavier rouge vers les enceintes. Étienne m'a souri. Jeanne a autre chose à faire, occupée à régler ses comptes avec l'esprit dansant du Jour et de la Nuit – et le reste des danseurs avec elle. J'augmente encore la puissance du lait. D'un coup, je coupe tout le reste.

Le son de la machine à traire est brutalement seul à sortir des enceintes, à peine soutenu par celui de l'éolienne au-dessus du hangar. Les danseurs attendent. Surpris, heureux, avides, alors c'est ça qui nous tient debout courbés agités ? La machine à traire ?

Je n'ai pas beaucoup de temps si je veux que ça tienne, que ça reparte. Quelques secondes. Pendant que tourne la machine à traire, je lance le son de la grenade. D'abord à gauche, loin, puis elle se rapproche et se recentre, j'ajoute un filtre qui la distord, le volume augmente violemment, elle est là, au milieu de la grange, entre les satellites et le caisson de basse, elle explose. Dans un réflexe les danseurs mettent les mains aux oreilles, c'est maintenant, sinon je les perds, je prends le son, je clique. Je l'inverse.

La grenade est aspirée. Elle ne repart pas à l'envoyeur. Elle n'arrose pas l'arroseur. On n'est pas au cinéma ici, bien plus qu'un *fast forward*, zéro image, nos oreilles et nos muscles un point c'est tout. La grenade retournée fait un son nouveau, un bloc de violence et puis un chuintement qui n'existent pas en dehors des machines, un bruit blanc.

Tout l'orchestre ressurgit d'un coup. Des voix, des cordes, des cuivres, des peaux, des sons. Sous le hangar, ça repart en tempête. Les vagues de corps se creusent, des plans à mon horizon qui se feuillettent et alternent, devant, derrière, haut, bas. Alors je sais qu'on peut augmenter la dose. Non pas une, mais dix grenades, quinze, vingt, qui suivent la voie du son retourné, inouï. Ça fait *sooooooooool* bien sûr mais aussi *doooooooooooo* et *faaaaaaaaa* qui montent et descendent, l'orchestre impossible est sillonné de comètes blanches, venues d'un temps inconnu. Les grenades aspirées sont là, et non, et oui. James Brown est là, et non, et oui. Aretha Franklin ? Non et oui. Christophe ? Oui et non et oui. Goku avec et sans, et avec. Faire son deuil ? Impossible. Mais quoi, *faire* son deuil, comme on *fait* le Maroc, ou l'Algérie ? Quelle drôle d'expression, de colonisation des sentiments par une sorte de digestion obligée, eh bien auprès de Goku absent, non, il faut rester ouvert, avec et sans, aimer ce paradoxe, ses souffrances et ses chances. Alors tout l'orchestre est Goku. L'éolienne est Goku, ses trois pales, en direct et enregistrées, retournent vers le futur, foncent vers le passé. Le vent est Goku. La ZAD est Goku.

Sur l'estrade, je danse moi aussi, et puis voilà que deux pinces cherchent mon slim bleu aux chevilles, j'hallucine ? Je danse, elles reprennent, elles me gênent, je m'arrête, je regarde. Sur la pointe des pieds, Lilia me fait signe, petite écrevisse brune, des éclats plein les yeux, hurlant de toute sa joie quelque chose que je n'entends pas mais que je comprends très bien. Je saute de scène. Je tends mes mains, qu'elle agrippe. Une ronde à deux. On tourne tourne tourne, on tourne au milieu des bois, les lauriers sont coupés et non et oui, on tourne dans un temps inconnu, avec et sans, un temps Goku.

Post-scriptum

Le désir d'écrire ce roman a émergé suite à la mort de Rémi Fraisse, botaniste de vingt-et-un ans, sur la ZAD de Sivens (Tarn), le 26 octobre 2014. Les pages qui précèdent le mentionnent explicitement, et le personnage de Christophe, quant aux conditions hypothétiques de sa disparition, lui doit certains traits importants.

Je n'ai pourtant pas voulu écrire une biographie de Rémi Fraisse sous le masque un peu gauche de la fiction. La vie de ce jeune homme discret demeure un mystère dont sa famille et ses proches sont les dépositaires. Il est particulièrement scandaleux de ne devenir un personnage public que par sa mort, dans des circonstances qui honorent aussi peu les idéaux de dignité, de justice et d'impartialité par lesquels notre pays entend se définir. Cette mort venait bouleverser nos imaginaires par l'évolution très inquiétante des rapports de force en

France dont elle était le signe ; mais par bien d'autres aspects encore. Il me semblait qu'elle disait quelque chose des métamorphoses en cours quant aux relations des jeunes à la campagne, aux modalités de la lutte, aux rapports entre les idées et les pratiques, aux façons de se réjouir aussi, puisqu'après tout Rémi Fraisse était arrivé sur la ZAD dans des circonstances à la fois combatives et festives.

Ainsi, son décès montrait la voie à ce que j'attends d'un roman : créer des lignes de faille dans nos représentations du monde, accélérer des éboulements peut-être, et même à travers la tragédie pure, ouvrir de nouvelles possibilités de vie. Cette voie, j'ai tenté vaille que vaille de la suivre.

J. B.

Remerciements très chaleureux

À Henri Maus de Rolley pour le Qashqai.

À Pierre Carsalade et Anka Ujma pour le métier de musicien.

À Delphine Toquet, pour l'ancrage à l'Ouest.

Aux monts d'Arrée, pour les résidences sauvages.

Aux lecteurs des premières versions : Frédérique Aït-Touati, Dominique Bondu, Jean-Réol Bonnerave, Marie-Chantal Bonnerave, Philippe Bonnerave, Michèle Gazier, Arthur B. Gillette, Raphaëlle Guidée, Thibaut Maus de Rolley, Céline Martin, Xabi Molia, Catherine Pétillon, Sabine Roux et, *tout spécialement*, Océane Madelaine.

À Nathalie Démoulin pour l'aventure de la dernière version.

À toutes les personnes rencontrées sur les ZAD.

Votre livre est fabriqué en France sur un papier certifié PEFC,
pour une gestion durable de la forêt.

Ouvrage réalisé par Cédric Cailhol Infographiste
Achevé d'imprimer en mai 2021
par l'imprimerie Corlet à Condé-en-Normandie

Dépôt légal : août 2021
N° d'impression : 21030763

ISBN : 978-2-8126-2215-1

Imprimé en France